WAKING UP IN *Mr. Perfect's* BED

C. R. SCOTT

WAKING UP IN *Mr. Perfect's* BED

ROMAN

Viel Lesefreude!

Deutsche Erstausgabe 2020
ISBN-13: 9781657167902

C. R. Scott, c/o Papyrus Autoren-Club, R.O.M. Logicware GmbH, Pettenkoferstraße 16-18, 10247 Berlin
Umschlaggestaltung: Marie-Katharina Wölk, www.wolkenart.com
Bildmaterial: TairA, Kiselev Andrey Valerevich – Shutterstock
Satz: Carina Regauer
Lektorat: Iris Freinberger
Korrektorat: Anja Lang
Zweitkorrektorat: Ingrid Schumak
Druck: Amazon EU Media S.à.r.l, 38 avenue John F. Kennedy, L-1855 Luxemburg

Nach einer Idee von Tatjana Kálmán & Britta Horriar-Haupt.

www.crscott.de

Petra Wiesen, Yvette Benndorf, Yvonne Guder, Sarah Gress, Diane Walter, Anja Heinze, Io Wa, Nadine Nisters, Nina Pl., Grit Thomalla, Nadja Schütz, Nicky Moskwa, Melanie Tanja Wierzba, Claudia Möller, Christina Stöckert.

LUST AUF MEHR?

Auf Amazon findest du weitere Liebesromane von C.R.Scott. Sie freut sich immer über eine Rezension!

EXTRA E-BOOK

Abonniere den Newsletter und du erhältst das E-Book „Love the Fiancé – Ein Verlobter zum Verlieben" extra! Vor allem erhältst du Infos über Neuerscheinungen und Gewinnspiele von C. R. Scott. Jetzt anmelden: https://newsletter.crscott.de

Printed in Poland
by Amazon Fulfillment
Poland Sp. z o.o., Wrocław

53673872R00146

1. KAPITEL

ROSA

Sekunde um Sekunde betrachte ich mich im Spiegel und schaue mir selbst in die Augen, als versuchte ich, in meine eigene Seele zu blicken. »Sag mal ...«, beginne ich nachdenklich und richte den Blick auf Mels Spiegelbild neben mir.

Diese ist gerade damit beschäftigt, sich feuerroten Lippenstift aufzutragen. »Hm?«

Leicht verziehe ich den Mund. »Soll ich ihn anrufen?«

Ihrem Gesichtsausdruck nach zu urteilen weiß sie sofort, wen ich meine, und schüttelt vehement den Kopf. »Auf keinen Fall, Rosa! Du rennst diesem Idioten nicht auch noch hinterher.« Entschlossen legt sie den Lippenstift ab.

»Was?«, frage ich verunsichert. »Ich will ihn ja nicht fragen, ob wir es noch mal versuchen sollen. Es ist nur ... für mich ist es immer noch ungewohnt, ohne ihn zu sein, verstehst du?«

Mel seufzt.

»Ja, ich weiß, was du jetzt sagen willst«, meine ich.

»Und was?«

Ich zucke mit den Schultern. »Dass es nichts bringt, ihn schon wieder anzurufen.«

»Rosa«, sagt Mel. »Bist du dir sicher, dass du mit ihm abgeschlossen hast?«

Tief atme ich durch. »Zugegeben: Ich dachte wirklich, dass Sam und ich zusammen alt werden würden. Jahrelang bin ich davon überzeugt gewesen, er wäre mein Mr. Right. Aber am Ende hatten wir uns beim besten Willen nichts mehr zu sagen. Überhaupt nichts. Jedenfalls nichts Privates. Das war sogar schlimmer, als sich mal zu streiten! Das hat mich fertiggemacht, und irgendwann konnte ich es nicht mehr ignorieren. Als ich es dann angesprochen und eine mögliche Trennung auch nur angedeutet habe, hat Sam sofort zugestimmt. Und so erleichtert, wie wir beide darüber gewesen sind, kann es nur die richtige Entscheidung gewesen sein. So ist es leider. Und, glaub mir, inzwischen habe ich das akzeptiert.«

»Okay«, erwidert Mel und setzt noch mal den Eyeliner an, um die schwarzen Konturen auf ihren Lidern nachzuziehen. »Aber warum möchtest du ihn dann jetzt, am Samstagabend, während wir dabei sind, uns hübsch zu machen und auszugehen, anrufen?«

»Wegen der Firma natürlich«, murmle ich.

»Gibt es Probleme?«

Verhalten schüttle ich den Kopf. »Nur das altbekannte Problem: Dass wir unser kleines Unternehmen vor drei Jahren zusammen gegründet haben und jeder von uns fünfzig Prozent der Anteile besitzt.«

»So klein ist eure Firma gar nicht mehr«, meint Mel. »Und das ist sicherlich der Grund dafür, dass Sam sich jetzt so querstellt, statt sich einfach zurückzuziehen und dir den Erfolg zu gönnen. Obwohl du es verdient hättest!«

»Er hat genauso viel in die Marke *Line Lights* gesteckt wie ich«, stelle ich klar. »Während ich mich um den kreativen Teil gekümmert habe, hat er das ganze Unternehmerische erledigt.« Wieder betrachte ich mich im Spiegel und stelle fest, dass ich mein dezentes Make-up gerne so lassen möchte. »Es ist, wie es ist«, sage ich dann und seufze. »Sam und ich müssen jetzt klären, für wie viel Geld er mir seine Anteile überlässt. Und am liebsten würde ich noch mal mit ihm reden und ihn fragen, ob wir uns immer noch einig sind. Nicht, dass mich am Montag, wenn wir mit unseren Anwältinnen zusammensitzen, eine böse Überraschung erwartet.«

»Na ja.« Ein letztes Mal prüft Mel, wie ihre Haare fallen. »Falls er wirklich vorhat, dich am Montag bei eurer Verhandlung in irgendeiner Weise zu überrumpeln, dann wird er es dir jetzt am Telefon ganz sicher auch nicht verraten. Aber du hast ja eine Anwältin an deiner Seite.«

»Er auch«, erwidere ich. »Die Kanzlei, die er sich ausgesucht hat, ist sogar noch bekannter als meine.«

»Das heißt doch gar nichts! Überleg dir einfach jede Entscheidung, die du am Montag triffst, zweimal. Dann wird schon alles gutgehen.«

Ich lächle. »Ja, da hast du sicher recht.«

»Und deswegen ...«, Mel grinst, »... brauchst du jetzt auch keinen Sam am Telefon, sondern dringend den ersten Sekt, meine Liebe!« Schon greift sie nach meiner Hand und zerrt mich mit in ihre Küche.

Ich lache. »Wir sollen vorglühen? Ich dachte, wir genehmigen uns den ersten Drink direkt im Club.«

»Nee! Du brauchst *jetzt* den ersten Drink.« Sie lässt mich los und holt eine Sektflasche aus dem Kühlschrank. »Es wird Zeit, dass du mal wieder das Single-Leben genießt! Lass dir heute Nacht im Club ein paar Komplimente machen. Vielleicht kannst du Sam am Montag dann umso abgebrühter entgegentreten.«

Ich gebe mich geschlagen und hole zwei Sektgläser aus ihrem Hängeschrank. »Glaub mir«, beteuere ich dennoch, »privat habe ich mit Sam abgeschlossen. Es geht mir nur noch ums Geschäft.«

Mel schenkt uns ein. »Wenn das so ist, dann hast du ja sicherlich kein Problem damit, wenn wir jetzt endlich über andere Männer sprechen.«

»Welche andere Männer denn?«, frage ich schmunzelnd.

Sie grinst. »Die Männer, denen wir heute Abend begegnen werden.«

Lachend stoßen wir an.

Ach, natürlich hat meine beste Freundin recht! Es ist wirklich das Beste, Sam übers Wochenende in Ruhe zu lassen und abzuwarten, wie unsere Verhandlung am Montag wird. Mittlerweile führen wir nun mal getrennte Leben. Und wir hatten privat keinen Rosenkrieg bei unserer Trennung, also will ich guter Dinge sein, dass es bei der geschäftlichen auch keinen geben wird. Klar, bei unserer geschäftlichen Trennung geht es um Geld. Aber genau dafür hat man ja seinen Anwalt. Beziehungsweise seine *Anwältin.* Sam hat ja selbst gesagt, dass er sich von *Line Lights* zurückziehen und sich anderen Firmen widmen will. Also. Wir werden uns schon einig werden. Und wenn ich Glück habe, kommt es gleich am Montag dazu. Bis dahin will ich jetzt nicht mehr an ihn denken.

Vielleicht hat Mel also auch noch mit einer anderen Behauptung recht: Vielleicht sollte ich mich heute Nacht mal so richtig fallen lassen. Mich anbaggern lassen. Einfach mal die Seele baumeln lassen, nachdem ich eben auch eine private Trennung hinter mir habe.

***

»Meine Güte!«, stelle ich fest, als wir eine halbe Stunde später im Taxi sitzen. »Mel! Du bist seit der High-School meine beste Freundin. Aber wann ist mir bitte entgangen, wie trinkfest du bist?«

Sie lacht. »Ach, so viel trinke ich doch gar nicht.« Wieder setzt sie die Sektflasche an und genehmigt sich einen Schluck. »Trinkfester als du zu sein, ist keine große Kunst, Rosa. So selten, wie du Alkohol zu dir nimmst!« Abermals hält sie mir die Flasche hin, damit ich auch noch etwas trinke.

Widerstandslos nehme ich die dunkelgrüne Flasche an mich und tue es ihr gleich. Der Sekt prickelt auf meiner Zunge, in meiner Kehle, in meinem Magen. »Oh Gott, ich komme mir schon jetzt angetrunken vor.«

Mel winkt ab. »Pure Einbildung. Entspann dich einfach, Süße!«

»Aber nur heute, ausnahmsweise! Ich habe schließlich ein Unternehmen zu führen – und zwar zukünftig ganz allein.«

Wir lachen. Und trinken weiter.

***

Einige Zeit später erreichen wir den Nachtclub, den Mel für heute Abend auserkoren hat. Ich kann mir nicht helfen, aber es kommt mir wirklich so vor, als würde ich den Alkohol bereits merken. Wie lange dauert es eigentlich, bis Alkohol ins Blut geht? In den letzten Jahren sind Sam und ich kaum weggegangen, da habe ich mir über so etwas keine Gedanken gemacht. Aber Mel könnte auch damit recht haben – es mag der Placeboeffekt sein: Ich bilde mir bloß ein, dass ich schon angetrunken bin, weil ich genau das erwarte.

Die Nacht hat doch noch gar nicht richtig angefangen! Und heute will ich mal richtig was erleben! Und so reiße ich mich zusammen und zähle das Kleingeld für den Taxifahrer, um ihn zu bezahlen und ihm auch etwas Trinkgeld zu geben. Dann steigen wir aus und stellen uns am Einlass an.

»Gott sei Dank ist es heute nicht so kalt«, sage ich. »Chicago kann zu dieser Jahreszeit ja auch ganz anders sein, aber wir haben Glück.«

Mel blickt zum Türsteher. »Es sollte nicht lange dauern, bis wir reinkommen. Die Schlange ist nicht allzu lang. Und ich habe etwas, um uns die Zeit zu vertreiben.« Mit einem unheilvollen Grinsen zaubert sie zwei kleine Likörfläschchen aus der Handtasche hervor.

»Oh mein Gott, Mel!«, rufe ich aus, ohne selbst genau zu wissen, was ich damit aussagen will.

»Was?«, meint sie lässig und drückt mir auch schon die erste kleine Flasche in die Hand. »Endlich gehen wir mal wieder aus, nur wir beide! Das will ich feiern!«

»Sag mal, haben wir die Sektflasche eigentlich im Taxi vergessen?«, fällt mir da erst auf.

Sie zuckt mit den Achseln. »Glaub schon.« Dann schraubt sie ihr Fläschchen auf. »Cheers!«

Wieder tue ich es ihr gleich. Ich öffne mein Fläschchen mit dem Pflaumenlikör und lasse es gegen ihre kleine Flasche stoßen. »Prost.«

»Beste Freundinnen!«, ruft Mel laut, woraufhin sich ein paar Kerle zu uns umdrehen und lachen.

Mel genießt die Aufmerksamkeit sichtlich – und ich irgendwie auch.

Deswegen muss ich kichern. »Beste Freundinnen!«

Ich trinke den Likör .... und schmecke nichts vom Alkohol, denn dafür ist der Likör viel zu süß.

»Gott, ich hoffe, sie spielen heute viel von Calvin Harris«, meint Mel, während sie die Fläschchen wieder in ihre Handtasche verschwinden lässt und sofort die nächsten vollen Exemplare hervorkramt.

Ich nicke und merke, wie ich immer gelassener werde. »Calvin Harris wäre cool.«

Wieder rücken wir in der Schlange vor.

»Und? Willst du heute jemanden abschleppen?«, frage ich Mel. Immerhin ist sie bekennender Dauersingle, der sich schon auf so manchen One-Night-Stand eingelassen hat.

Ihre Augenbrauen wandern nach oben. »Willst *du* dich denn abschleppen lassen, Rosa?«

Abermals muss ich lachen. »Äh, nein, ich glaube nicht. Von Männern habe ich erst mal genug.«

»Was?«, fragt sie entsetzt. »Sag doch nicht so was! Du hattest viel zu wenig Kerle in deinem Leben!«

Doch ich winke ab. »Irgendwann wieder, okay? Aber heute Nacht will ich einfach nur mit meiner besten Freundin tanzen.«

»Deswegen sind wir hier!« Dann spricht sie leiser weiter. »Aber wenn ich einen süßen Typen sehe, kann ich für nichts garantieren.«

»Kein Problem«, entgegne ich. »Solltest du mit irgendeinem wildfremden Typen abhauen, weil dir eben danach ist, werde ich schon klarkommen und einfach zu mir nach Hause fahren.«

Hm.

Hat Mel dazu gerade noch etwas gesagt oder nicht?

Ich bin mir gar nicht mehr sicher.

Aber irgendwie halte ich in der darauffolgenden Sekunde bereits das nächste Fläschchen in der Hand.

Wann hat Mel mir das denn gegeben?

Na egal.

***

Wir sind im Nachtclub. Grelle Discolichter flackern wild und erhellen den sonst dunklen Raum wieder und wieder, passend zum Rhythmus der Musik. Eben hat der DJ tatsächlich etwas von seinem berühmten Kollegen gespielt, Calvin Harris. Dazu haben Mel und ich getanzt, was das Zeug hält. Verschwitzt und aufgedreht begeben wir uns nun wieder zur Bar.

»Hey Mister, wir brauchen dringend Nachschub!«, ruft Mel dem Barkeeper amüsiert zu.

»Und was hatten die Damen eben?«, will er wissen. »Meine Schicht hat eben erst angefangen.«

Ich lache. »Cuba Libre.«

»Zweimal?«, fragt er vorsichtshalber nach.

Wir nicken.

Er stellt uns zwei Cuba Libre auf den Tisch, die Mel daraufhin bezahlt.

»Hey Ladys«, ertönt eine eher dünne Männerstimme, als wir gerade an den Gläsern nippen.

In meinem Blickfeld tauchen zwei Typen auf, die nach Mitte zwanzig aussehen, also ein paar Jahre jünger als wir.

»Dürfen wir euch einen Drink ausgeben?«

Mel empfängt die zwei mit einem Lächeln.

»Wir ... haben schon«, lalle ich und deute ziemlich wackelig auf mein Glas.

Das scheint die beiden Kerle jedoch keineswegs davon abzuhalten, näher zu kommen und uns anzulächeln. »Wie wär's mit einer Runde Tequila?«, schlägt der andere vor.

Prompt jubelt Mel.

Ich zucke mit den Schultern. »Was soll`s?«

Keine Minute später stoßen wir mit den beiden Typen an. Die Tequila-Shots für die nächste Runde stehen auch schon bereit.

Während der eine Kerl jetzt Mel zunickt und sie anspricht, stellt der andere schwungvoll sein Glas ab und wendet sich mir zu. »Und? Was machst du so?«

»Äh ...« *Was soll ich darauf jetzt antworten, ohne zu weit auszuholen?* »Interessiert dich das überhaupt?«, kommt es schließlich aus mir heraus.

Oh, das war jetzt aber ziemlich frech für meine Verhältnisse.

Und ...

Langsam fängt der Club an sich zu drehen, kann das sein?

Aber … ich find's irgendwie witzig!

Auch der Typ scheint irgendetwas witzig zu finden, denn er lacht. »Du bist süß«, sagt er. Auf einmal kommt er näher und sein Blick verrät mir, dass er vorhat, mich zu küssen.

Ich bin mir noch nicht sicher, ob ich das will, aber mittlerweile gleichen meine Reflexe zu sehr denen eines Faultiers, um ihn wegzustoßen. Und so lasse ich ihn die letzten Zentimeter zwischen uns überwinden und …

»Darf ich mal?«, dringt plötzlich eine andere, weitaus tiefere Männerstimme in mein Ohr. Dominant drängelt sich jemand zwischen uns und drückt den Kerl, der mich gerade vermutlich küssen wollte, einfach weg.

Auf einmal steht jetzt also ein anderer Mann vor mir. Doch anstatt mich überhaupt zu beachten, lehnt er sich gegen die Theke und gibt dem Barkeeper Handzeichen, weil er etwas bestellen will.

Ach so. Er ist gar nicht mein Retter in der Not.

Na ja, irgendwie ja schon.

Aber nicht beabsichtigt.

Wow, sieht der Typ gut aus …

Plötzlich wird mein Herzschlag wieder schneller.

Ist es gerade heißer geworden? Und irgendwie … dreht sich der Club jetzt noch schneller.

Hm.

Starre ich meinen Pseudo-Retter immer noch an? Ja, das tue ich, oder? Ich denke schon. Sonst könnte ich ihn ja nicht sehen. Pure Logik. Ich habe voll den Durchblick. So angetrunken kann ich also gar nicht sein.

Haha, der war gut!

Ich finde mich selbst ganz schön witzig. Auf eine gute Art. Wirklich, ich mag mich! Hab ich mir das jemals selbst gesagt? Sonst wird es jetzt echt mal Zeit!

Also.

Ich ... mag ...

Leicht zucke ich zusammen, als ich mit einem Mal in tiefbraune Augen blicke.

»Was ist?«, will der Fremde, der noch immer direkt vor mir steht, von mir wissen.

Ich öffne den Mund und will etwas zu ihm sagen.

Atmen.

Reden.

In die Augen sehen.

Lachen.

Tanzen.

Reden.

BLACKOUT.

2. KAPITEL

MAXWELL

Okay. Sie ist wach. Gerade habe ich gehört, wie sie aufgestanden ist. Ob sie überhaupt noch weiß, wo sie ist? Nach allem, was vergangene Nacht vorgefallen ist, schätze ich die Chancen dafür 50:50 ein. Aber das werde ich offenbar in wenigen Sekunden erfahren. Denn ich vernehme ihre Schritte. Sie hat das Schlafzimmer verlassen und tapst durch den Flur.

»Hallo?«, fragt sie zart, noch bevor sie die Küche erreicht, in der ich seit einer halben Stunde herumtigere, ohne mich wirklich konzentrieren zu können.

Dann kommt sie um die Ecke gebogen. Als sie mich sieht, bleibt sie abrupt stehen und zuckt zusammen. Hörbar hält sie den Atem an und reißt die Augen weiter auf.

Zugegeben: Diese Reaktion auf mich *am Morgen danach* ist neu.

»Guten Morgen«, sage ich und stelle fest, dass sie nach dem Aufstehen direkt wieder in ihr figurbetontes Kleid geschlüpft ist.

Rosa braucht eine Weile, um sich wieder zu regen. Mit verlegenem Blick senkt sie leicht den Kopf und klemmt sich ihre rotbraunen Locken hinters Ohr. »G-Guten Morgen …«

Im darauffolgenden Moment kommt sie näher. Allerdings nur mit einem einzigen Schritt. Verdutzt sieht sie mich an.

»Kopfschmerzen?«, bringe ich meinen nächsten Gedanken auf den Punkt.

Würde mich nämlich nicht wundern.

Mir entgeht nicht, dass sie sich leicht auf die Unterlippe beißt. Diese weiche Unterlippe, an der ich gestern noch geknabbert habe.

»Ja schon, aber …« Sie setzt ab und schaut sich kurz in der Küche um. Dann gilt ihre Aufmerksamkeit wieder mir und sie wirkt noch nervöser als eben schon. »Entschuldigung, haben wir …«

Ich muss überlegen. »Was?«

Den Rest ihrer Frage bringt sie allein mit dem beschämten Blick in ihren smaragdgrünen Augen zum Ausdruck.

»Ach so«, mache ich. »Du … hast einen Filmriss?«

»Äh …« Rosa läuft rot an.

»Okay …« Auch ich muss überlegen, was ich als Nächstes sagen soll. »Also … Nein. Zwischen uns war nichts. Ich meine, wir hatten es vor, ja, aber so weit ist es nicht mehr gekommen.« Kurz lache ich. »Du erinnerst dich echt nicht mehr an die späteren Stunden, oder?« Dann wird mir allerdings noch etwas anderes klar und mir vergeht das Lachen sofort wieder. »Du ... weißt gar nicht, wer ich bin ...«

Rosa verzieht den Mund. »Ehrlich gesagt ... nein, sorry.«

Ich muss mich räuspern. »Oh.«

Auch das ist Neuland für mich. Einen so heftigen Blackout hatte keine Frau vor ihr, die ich mit nach Hause genommen habe. Nein, keine Frau war so wie Rosa letzte Nacht ... beziehungsweise jetzt.

»Okay, ich ...« Ich gerate ins Grübeln. Was sagt man in so einer Situation? Zögerlich gehe ich auf sie zu. »Ich bin ... Maxwell.«

Zaghaft reicht sie mir ihre Hand. »Rosa.«

»Ich weiß«, sage ich, während ich mich auf einen Händedruck einlasse.

Irgendwie ist das jetzt gerade eine ziemlich seltsame Situation. Einerseits kommt mir dieser Händedruck unpassend vor, nachdem wir uns noch vor wenigen Stunden an ganz anderen Körperstellen berührt haben. Aber andererseits ist es dann ja nicht mehr zum Äußersten zwischen uns gekommen. Und genau das dürfte der Grund dafür sein, dass die Atmosphäre zwischen uns nun dermaßen angespannt ist. Von dem Knistern, das ich heute Nacht ihretwegen und nur ihretwegen gespürt habe, ist nichts mehr übrig geblieben. Rein gar nichts. Glaube ich jedenfalls. Keine Ahnung. Ihre Verlegenheit ist irgendwie ansteckend und lässt mich kaum noch klar denken.

Erneut blickt sie sich um und versucht sich zu orientieren.

»Wir haben uns letzte Nacht im Club kennengelernt«, will ich ihrem Gedächtnis auf die Sprünge helfen.

Verhalten nickt sie. »Ja richtig, der Nachtclub ...«

Verdammt, sie kann sich ja echt an gar nichts mehr erinnern! Was unsere komplette Begegnung angeht, scheint sie einen Filmriss zu haben. Dabei dachte ich eben noch, er betrifft wenigstens nur die letzten Minuten, bevor sie eingeschlafen ist!

Na ja, sie war ja auch echt angetrunken. *Wie* angetrunken sie wirklich war, habe ich aber erst bemerkt, als wir bereits hier bei mir waren und ...

»Oh Gott, Mel!«, ruft Rosa plötzlich aus und schlägt die Hände vor den Mund. Panisch blickt sie sich um. »Wo sind meine Sachen?«

Mit einer Kopfbewegung deute ich aufs Sofa. »Die liegen da drüben.«

Sie entdeckt ihre kleine Tasche. Sogleich begibt sie sich zu ihr, um sie aufzuheben und den Inhalt zu prüfen. Geldbeutel, Schlüssel – anscheinend ist alles da. Rosa nimmt ihr Handy und entsperrt den Bildschirm. »Oh-oh«, murmelt sie. »Fünf Anrufe in Abwesenheit.«

»Von ...« *Einem Typen?*

»Meiner besten Freundin«, erwidert sie stattdessen und scrollt offenbar durch ein paar Nachrichten. Wieder legt sie dieses verlegene

Lächeln auf, das mich aus irgendeinem Grund nervös macht. »Nicht zu glauben.« Sie schüttelt den Kopf und liest weiter. »Nicht Mel hat sich nachts mit einem Fremden aus dem Staub gemacht, sondern ich.«

Da blickt sie wieder auf. Zu mir. Dem ... Fremden.

»Tut mir leid«, meint sie, legt das Handy wieder weg und kommt ein paar Schritte auf mich zu. »Maxwell, richtig?«

Ich nicke bloß.

»Bitte entschuldige. Ich kann mich wirklich nicht mehr daran erinnern, was gestern passiert ist.« Nachdenklich sieht sie an mir vorbei. »Ich weiß noch, dass da so ein Typ war, der mich wohl küssen wollte. Und dann ...« Sie schaut mich wieder an und ihre Augen werden größer. »Dann kamst du an die Bar.«

Verunsichert lache ich. »Ja. Du hast mir damit richtig in den Ohren gelegen, dass ich dich angeblich gerettet haben soll.«

Ich weiß noch genau, wie süß und erwartungsvoll sie mich angesehen hat, als sich unsere Blicke letzte Nacht das erste Mal getroffen haben. Und wie ich mich dabei gefühlt habe. Irgendwie war da sofort eine Verbindung zwischen uns.

»Du hast nicht lockergelassen und darauf bestanden, mir einen Drink auszugeben«, fahre ich fort. »So sind wir ins Gespräch gekommen.«

Jede einzelne Bewegung, die sie dabei gemacht hat, ist mir aufgefallen und hat mich elektrisiert. Es war total verrückt, denn so etwas habe ich noch nie erlebt – oder empfunden.

»Und dann bin ich also mit zu dir gegangen«, kann sie es anscheinend immer noch kaum glauben.

»Na ja, nicht sofort. Wir haben uns eine Weile unterhalten, dann haben wir getanzt, du hast mir deine Freundin vorgestellt, wir haben uns gut verstanden und gegenseitig zum Lachen gebracht … *Dann* bist du mit zu mir gekommen.«

»Wow«, fällt ihr dazu nur noch ein.

Leicht neige ich den Kopf. »Das klingt ja so, als hättest du so etwas noch nie vorher gemacht.« Wieder lache ich, bis mir klar wird, dass ich damit recht habe. »Du bist echt noch nie zuvor zu jemandem mit nach Hause gegangen?« *Um zu … na, du weißt schon …*

Kaum merkbar schüttelt sie den Kopf. »Normalerweise trinke ich auch nicht so viel …«

»Ach so, *deswegen*«, entfährt es mir.

Deswegen hat sie sich also dermaßen mit dem Alkohol verschätzt.

»*Deswegen*?«, fragt sie. »Meinst du damit, dass ich nur wegen des Alkohols mit zu dir gekommen sein könnte?«

Nein, das wollte ich damit gar nicht sagen. Aber was ich stattdessen meinte, weiß sie dann ja auch gar nicht mehr. Soll ich es ihr da überhaupt erzählen?

»Was ist los?«, hakt Rosa nach, als ich schweige. »Was ist passiert?«

Ich reibe mir die Schläfe und rufe mir die Erinnerungen an die späteren Stunden vergangener Nacht zurück ins Gedächtnis. »Na ja, du …« Mann, soll ich es ihr wirklich erzählen? Nicht dass das Ganze hier dann noch unangenehmer für sie wird.

»Bitte«, fleht sie. »Sag es mir.« Für den Bruchteil einer Sekunde huscht ein Lächeln über ihre vollen Lippen, und mir ist sofort klar, dass sie das aus Verunsicherung macht. »Ich muss es einfach wissen. Was ist letzte Nacht geschehen? Warum haben wir nicht … Ich meine, wenn wir schon vorhatten …«

Herrgott, sie kann es ja nicht mal aussprechen.

Ich aber inzwischen genauso wenig.

Als wäre Sex plötzlich eine heilige, romantische Angelegenheit.

Was ist denn bloß los mit mir?

Mit uns?

Gestern Nacht haben wir anders miteinander gesprochen.

Vollkommen anders.

Jedenfalls scheint sie allmählich sowieso schon zu ahnen, was dann vorgefallen ist. »Habe ich Mist gebaut?«, fragt sie.

»Nein.« *So würde ich das nicht gleich formulieren.*

»War ich zu betrunken und bin eingeschlafen?«, überlegt sie weiter.

Mein Gesichtsausdruck bestätigt ihr, dass sie damit richtig liegt.

»Oh«, entfährt es ihr beschämt. Wieder lächelt sie süß, aber voller Verunsicherung. »Na, solange ich mich nicht übergeben habe oder so ...«

Volle Punktzahl, Lady. So war's.

Auch diese Bestätigung kann sie meiner Mimik entnehmen und schlägt die Hand vor den Mund. »Oh mein Gott, was?«

Ich winke ab.

»D-Das tut mir echt leid!«, beteuert sie voller Scham und bekommt erneut rote Wangen. »Oh Mann ...«

»Halb so wild«, erwidere ich. *Was soll ich auch sonst dazu sagen?*

»Wo genau ist das passiert?«, will sie wissen. »Kann ich das saubermachen?«

»Im Badezimmer. Über der Kloschüssel.«

Wir haben auf meinem Bett gelegen und ich hatte dich gerade erst aus deinem verführerischen Kleid befreit, da bist du aufgesprungen und ins Badezimmer geflüchtet.

»Dorthin hast du noch allein gefunden – und rechtzeitig«, füge ich an. »Also mach dir keinen Kopf.«

Danach habe ich vorsichtig angeklopft, bin zu dir ins Badezimmer gekommen und habe dir hochgeholfen. Du hast dich von mir stützen lassen und wir sind wieder ins Schlafzimmer gegangen. Ich habe dich gebeten, dich aufs Bett zu setzen, dann habe ich dir ein Glas Wasser geholt. Aber als ich wiederkam, hast du schon tief und fest geschlafen. Quer auf meinem Bett. Und so blieb mir nichts anderes übrig, als dich zuzudecken und mich zurückzuziehen.

»Du hast im Bett geschlafen, ich auf der Couch«, fasse ich diese Geschehnisse laut vor ihr zusammen.

Doch auch diese Information scheint sie nur bedingt zu beruhigen. »Oh je, oh je ...« flüstert sie und schüttelt über sich selbst den Kopf.

Dabei will ich doch gar nicht, dass sie sich deswegen schlecht fühlt! So was passiert. Da kann man nichts machen. Wir hatten unsere Chance. Unseren Moment. Unseren Abend. Aber mehr sollte eben nicht sein. Davon geht die Welt nicht unter. Und ich kann nicht gerade behaupten, es zu bereuen, sie mit zu mir genommen zu haben. Allein die Fahrt im Taxi hierher, war doch echt ... nett. Wir haben auf der Rückbank gesessen und herumgeknutscht, dass ich dachte, mir würde jeden Moment der Kopf wegfliegen. Aber das war gestern, und auch daran kann sie sich ganz offensichtlich nicht mehr erinnern. Passiert. Wir werden es beide überleben.

Wenn sie jetzt nur nicht so ein Gesicht machen würde!

Ihr beschämter Anblick macht mich echt fertig.

»Das ist mir so peinlich!«, fährt sie fort.

»Muss es nicht«, beteuere ich und sehe ihr tief in die Augen. »Wirklich nicht.«

Dennoch. Ihre Lippen zittern.

Oh Mann.

Ich kann nicht direkt sagen, dass sie mir angetrunken – beziehungsweise lockerer – besser gefallen hat. Aber Fakt ist, dass mich ihr jetziges verkrampftes Verhalten dermaßen ratlos macht, wie ich es noch nie zuvor erlebt habe.

»Hey …«, raune ich.

Am liebsten würde ich sie jetzt in den Arm nehmen, doch ich spüre, dass ich damit alles nur noch schlimmer für sie machen würde. Deswegen stehe ich immer noch hilflos da und weiß nichts mit mir anzufangen.

»Das tut mir alles so leid«, wiederholt sie. »Das war sicherlich eine Enttäuschung für dich.«

»Wenn, dann war es das ja wohl für uns beide«, ist das Erste, was mir dazu einfällt.

Seufzend senkt sie den Kopf und schüttelt ihn, scheinbar abermals über sich selbst.

Okay, das hat jetzt anscheinend auch nicht geholfen. Dabei habe ich auch diese Bemerkung gar nicht böse gemeint. Im Gegenteil!

»Willst du …«, beginne ich nur, bevor ich innehalten muss, weil sie zusammenzuckt.

Wie ein verängstigtes Reh.

So viel dazu.

Diese Frage kann ich mir dann wohl sparen.

Sie ist ganz sicher nicht in der Stimmung, um es auf einen zweiten Versuch ankommen zu lassen und mit mir wieder ins Bett zu verschwinden – hier und jetzt.

Ich atme durch. »Wie gesagt: Du hast sicher Kopfschmerzen«, ist das Nächste, was ich zu ihr sage.

Zaghaft nickt sie.

Und so finde ich mich erneut in der Situation wieder, dass ich mich zum Kühlschrank begebe und die Wasserflasche raushole, um das gekühlte Sprudelwasser in ein Glas zu schenken. Mit meinen nächsten Handgriffen hole ich eine Kopfschmerztablette aus der schmalen Schublade im Wohnbereich meines recht offen gestalteten Penthouses. Dann halte ich Rosa beides, das Glas und die Tablette, vor die Nase.

»Danke«, verlässt es kleinlaut ihre Lippen und sie nimmt beides an sich.

»Spring ruhig unter die Dusche«, schlage ich vor. »Ich mach uns so lange Frühstück.«

Sie winkt ab. »Ich will dir nicht noch mehr Umstände machen.«

»Machst du nicht«, stelle ich klar. »Aber vorher lasse ich dich auf keinen Fall gehen. Also. Im Badezimmer müsste noch die Haarbürste meiner Schwester liegen, ebenso wie eine verpackte Zahnbürste. Schau mal im Spiegelschrank nach.«

Wieder nickt Rosa zaghaft. »Okay. Und, Maxwell ...« Dann allerdings lächelt sie mich so süß an, dass mich ein Schauer packt. »Danke.«

Ich muss schlucken. »Keine Ursache.«

Nach einem letzten verlegenen Blick verschwindet sie wieder um die Ecke und ins Badezimmer.

Perplex stehe ich da und muss mich erst sortieren. Auch als ich dann anfange, Rührei mit Speck anzubraten, gucke ich vermutlich total überfordert.

Ist das Ganze nicht irgendwie … seltsam?

Immerhin weiß *ich* als Einziger von uns beiden noch, was sich vergangene Nacht zugetragen hat. Und während Rosas Erinnerungen wie weggeblasen sind, kann ich mich an alles noch ganz genau erinnern.

3. KAPITEL

MAXWELL

Zugegeben: Die letzte Nacht ist nicht so gelaufen, wie ich mir das vorgestellt habe. Ich bin mit meinem Cousin David in diesen Club gegangen und habe den Abend einfach auf mich zukommen lassen. Dann allerdings sind wir auf Davids Ex-Freundin gestoßen. Sofort hatten die zwei nur noch Augen für einander, wobei ich nicht sagen konnte, ob sie gleich übereinander herfallen oder sich gegenseitig umbringen würden. Aus diesem Grund hat es mich daraufhin allein zur umlagerten Bar verschlagen und ich wollte mir einen Drink bestellen. Dabei habe ich gar nicht darauf geachtet, neben wen ich mich stelle und dass ich vielleicht wirklich diesen einen Typen davon abhalte, Rosa zu nahe zu kommen. Jedenfalls ist es mir in dem Augenblick nicht bewusst gewesen. Keine Ahnung, es kann höchstens ein unkontrollierter Reflex gewesen sein.

Ist ja auch egal.

Auf einmal befand ich mich also direkt neben ihr und unsere Blicke trafen sich. Vor mir stand eine unbekannte Schönheit mit rotbraunen Locken, sinnlichen Lippen und einem Ausdruck in ihren funkelnden Augen, der mir noch eine Weile in Erinnerung bleiben wird.

Vor allem aber werde ich nicht vergessen, wie ihre ersten Worte an mich lauteten: »Bist du immer so drauf?«

Das machte mich erst mal stutzig. »Was?«

Sie lachte. »Du drängelst dich hier einfach dazwischen und hältst andere Gäste davon ab, sich zu küssen, ist dir das eigentlich klar?«

»Entschuldige, ich ...« Ich wollte mich zu dem Kerl hinter mir umdrehen.

»Nein, nein, nein, bloß nicht!«, hörte ich sie daraufhin panisch flehen, und schon spürte ich, wie sie ihre zarten Hände auf meinen Arm legte und mir gar keine andere Wahl ließ, als mich wieder ihr zuzuwenden. Inständig sah sie mich an. »Ich will ihn gar nicht küssen, verstehst du?«

Verunsichert lächelte ich. »Habt ihr Streit?«

Sie kam näher. »Ich kenne ihn gar nicht.«

»Das ist nicht unbedingt ein Grund, sich nicht zu küssen«, fiel mir dazu nur ein.

»Doch, natürlich!«, erwiderte sie. »Vor dem ersten Kuss sollte man sich erst mal kennenlernen. Wenigstens ein bisschen, findest du nicht?«

Daraufhin zuckte ich nur mit den Schultern.

»Na jedenfalls ...« Kurz sah sie an mir vorbei und überlegte, dann schaute sie mir wieder in die

Augen. »Das, was ich von dem Typen kenne, mag ich nicht besonders. Spricht mich einfach nicht an, verstehst du?«

Längst war mir klar, dass sie angetrunken war, und doch war ihre lockere Art irgendwie besonders und gab meinem Abend eine unerwartete Würze. »Ja, das verstehe ich schon eher«, entgegnete ich also lachend und erwiderte ihren eindringlichen Gesichtsausdruck. »Soll ich ihn für dich loswerden?«

Wieder sah sie an mir vorbei, dann zog sie einen Mundwinkel hoch. »Ich glaube, das hast du schon getan.«

Instinktiv folgte ich ihrem Blick und drehte mich um. Hinter mir unterhielten sich zwei jüngere Typen mit einer anderen Frau.

»Welcher der beiden ist denn dein Herzblatt?«, wollte ich anschließend von meiner unbekannten Gesprächspartnerin wissen.

»Mel«, antwortete sie daraufhin voller Entschlossenheit und deutete auf die andere Frau. »Meine beste Freundin. Das ist mein Herzblatt.«

Anstatt erneut zu der anderen Frau zu blicken, hatte ich jedoch nur noch Augen für sie. »Und wie heißt *du*, wenn ich fragen darf?«

»Du darfst raten. Wonach sehe ich denn aus?«

Ich biss an. »Ich nehme mal an, Mel heißt du nicht.«

»Und wieso nicht?«

Wieder brachte ich ein Schulterzucken hervor. »Ich denke, es ist sehr unwahrscheinlich, hier gleich von zwei Mels umzingelt zu sein.«

»Ha!«, machte sie. »Dann kennst du die *Spice Girls* nicht.«

Ich zog eine Augenbraue hoch. »Was?«

»Die haben zwei Mels in der Band.«

»Gibt es die überhaupt noch?«, überlegte ich.

»Klar. Also, jetzt wieder. Nur ohne Victoria.«

Ich nickte. »Posh Spice.«

Sie zeigte sich amüsiert. »Wow, da kennt sich jemand aus!«

»Ich habe eine etwas ältere Halbschwester, mit der ich aufgewachsen bin. Anders kann ich mir das auch nicht erklären.«

Beide lachten wir. Was dann folgte, war ein Moment des Schweigens, in dem wir uns einfach nur ansahen und sowohl die anderen Gäste als auch die Elektromusik nicht mehr wahrzunehmen schienen.

Wahnsinn.

Schon allein der Anblick ihrer verführerischen Lippen machte mir Lust auf mehr. Es gefiel mir, wie natürlich sie geschminkt war. Ihre rotbraunen Locken, die Sommersprossen und das Funkeln in ihren Augen kamen perfekt zur Geltung und machten sie unfassbar reizvoll. Und was sie sogar noch schöner machte, war ihre Art. Ihr Blick. Die Art und Weise, wie sie sich bewegte. Keine Frage. Das war eine Frau ganz nach meinem Geschmack, ohne dass ich meinen Geschmack bei Frauen dafür erst klar definieren müsste.

Und sie? War sie interessiert an mehr?

»Du hast mir immer noch nicht deinen Namen verraten«, warf ich ihr vor.

Sie schenkte mir ihr bezauberndes Lächeln. »Ich möchte dir gerne einen Drink ausgeben. Weil du mich gerettet hast.«

»Sicher nicht. Wenn, dann machen wir es andersherum. Ich lade dich ein.«

Skeptisch sah sie mich an.

»So gehört es sich«, sagte ich.

»Aber du hast mich gerettet!«, bestand sie darauf.

»Nicht mit Absicht«, gab ich zu.

Daraufhin gab sie mir einen Klaps auf meinen Oberarm. »Jetzt ruinier doch nicht unseren Moment!«

Ich lachte. »Wir haben also einen Moment, ja?« Das gefiel mir.

»Natürlich haben wir den«, entgegnete sie selbstbewusst. »*Du* weißt das, *ich* weiß das ...« Ihr Blick wanderte zum Barkeeper. »Und er auch.«

»Was?«, konterte dieser.

Wieder musste ich lachen. »So viel dazu.« Als Nächstes versuchte ich sie mit meinem Blick zu fesseln. »Also, was möchtest du mir zuerst verraten? Deinen Lieblingsdrink oder deinen Namen?«

Sie zuckte mit den zarten Schultern. »Vielleicht ist ja auch beides das Gleiche und ich heiße – beziehungsweise trinke – Margherita.«

»Ist es denn so?«, wollte ich wissen.

Auffordernd nickte sie. »Wie heißt du denn?«

»Maxwell.«

»Oh«, entfuhr es ihr.

Und wieder. Ich lachte mit mir selbst um die Wette. »Mein Name gefällt dir also nicht?«

»Doch«, meinte sie. »Ich dachte nur, du spannst mich jetzt genauso auf die Folter.«

»So grausam bin ich nicht«, gab ich amüsiert von mir und zwinkerte.

Verlegenen Blickes senkte sie den Kopf und lächelte, ehe sie mich wieder ansah. »Ich heiße Rosa. Und wenn ich mich nicht gerade von fremden Männern küssen oder retten lasse, trinke ich gerne ...« Wieder schaute sie zum Barkeeper und überlegte. »Einen Caipirinha vielleicht?«

Ich wendete mich dem Barkeeper zu, der zufällig gerade wieder auf uns achtete. »Sie haben die Frau gehört. Zweimal, bitte.«

Er nickte. »Sofort.«

Eine Minute später stießen wir an.

Zehn Minuten später entführte ich Rosa auf die Tanzfläche und konnte meine Finger schon gar nicht mehr von ihr lassen. Immer wieder klebten meine Hände an ihrer Taille oder fuhren über den feinen Stoff ihres rosé-farbenen Cocktailkleids.

Eine halbe Stunde später holte ich uns neue Drinks, wir setzten uns auf eines der Ledersofas und unterhielten uns weiter.

Noch mal zehn Minuten später sah sie mich eindringlich an und sagte mir direkt ins Gesicht, dass ich ihre Welt zum Drehen bringen würde.

Und ich? Ich wusste es in dem Moment nicht besser und dachte nicht daran, dass sie ihre alkoholische Grenze schon erreicht haben könnte. Zumal ich ja nicht wissen konnte, wie viel sie schon zu sich genommen hatte, bevor wir uns begegnet sind. Jedenfalls war meine Reaktion auf diese süße Bemerkung von ihr, dass ich sie fragte, ob wir zu mir gehen wollten.

Sie sagte ja. Also bestellte ich uns ein Taxi.

Daran, meinem Cousin David oder ihrer Freundin Mel Bescheid zu sagen, dachte ich gar nicht. Ich hatte nur noch Augen für Rosa. Ich wollte diese Frau aus ihrem Kleid befreien und sehen, wie sie sich unter mir bewegt und voller Sehnsucht zu mir hochblickt, mich anfleht, sie zu verwöhnen. Mit sämtlichen Sinnen wollte ich ihren Körper ertasten und schmecken, ich wollte mit ihr verschmelzen und sie zum Höhepunkt kommen sehen.

Auch sie dachte nicht mehr daran, sich von ihrer Freundin zu verabschieden, so viel weiß ich inzwischen. Ebenso kann ich mittlerweile mit Sicherheit sagen, dass meine Fantasie, die ich mit Rosa hatte, leider nicht mehr wahrwerden sollte. Obwohl es zunächst äußerst vielversprechend weiterging.

Denn sofort, als der Taxifahrer losfuhr, konnte ich mich nicht mehr zurückhalten und fiel über sie her. Ich nahm ihr süßes Gesicht in die Hände, schloss die Augen und forderte endlich den ersten Kuss von ihr ein. Ihr Mund schmeckte süßer als Honig und weckte in mir endgültig das Verlangen nach mehr, so viel mehr.

»Mmh«, machte sie verführerisch.

Ich sah sie an, streichelte ihre Wange und lachte gegen ihre lieblichen Lippen. »Kennen wir uns jetzt gut genug für den ersten Kuss?«

»Die Frage kommt ein bisschen spät, oder?«

Darauf antwortete ich ihr, indem ich meine Augen wieder schloss und sie meine Zunge schmecken ließ.

»Uh, Maxwell ...«

Rosa und ich küssten uns, als bräuchten wir die Lippen des anderen zum Atmen. Ich konnte es kaum erwarten, mit ihr allein zu sein.

Im Fahrstuhl, der uns zu meinem Penthouse brachte, war es dann so weit: Zum ersten Mal waren wir vollkommen ungestört – und unbeobachtet. Ich ließ die letzten Hemmungen fallen und drückte sie gegen die Wand. Rosa ließ es nur zu gerne mit sich machen und lachte glücklich. Mit einem einzigen Handgriff fixierte ich sie und hielt sie gegen die Wand gedrückt. Ich übersäte ihren Hals mit stürmischen Liebkosungen, bei denen nicht selten auch meine Zunge zum Einsatz kam. Sie presste mich an sich und gab verräterische Geräusche von sich, die mich wahnsinnig machten.

Irgendwann sprang die Fahrstuhltür auf und wir verließen, uns leidenschaftlich weiterküssend, den Aufzug. Während ich ungeduldig die Schlüsselkarte aus meinem Portemonnaie holte, knabberte Rosa an meiner Unterlippe und ließ schon damit ein heftiges Kribbeln durch meinen Körper jagen. Kaum hatte ich es in meinem benebelten Zustand endlich hinbekommen, die Tür zu entriegeln, stieß ich sie auf und warf die Schlüsselkarte irgendwohin zu Boden. Ich brauchte meine Hände für Wichtigeres, dafür, um Rosa an der Taille zu packen und an mich zu ziehen. Ihre Lippen streichelten meine, ihre Arme schlangen sich um meinen Hals. Ich festigte meinen Griff – als hätte ich vor, sie niemals gehen zu lassen. Spätestens in diesem Augenblick kam mir unsere Begegnung so selten wie ein Sechser im Lotto vor.

Hinter mir schlug ich die Tür zu, dann schob ich Rosa voller Ungeduld weiter ins Penthouse hinein.

»Das ist meine Wohnung«, sprach ich zwischen zwei oder zehn Küssen – längst konnte ich sie nicht mehr zählen, außer dass ich immer wieder zu dem Entschluss kam, dass es noch nicht genügend Küsse gewesen sind.

»Nett«, kommentierte sie, dabei hatte auch sie längst nur noch Augen und Lippen für mich, für uns.

In der nächsten Sekunde fing sie an, mir das Hemd aus der Hose zu ziehen und es von unten aufzuknöpfen. Glücklich lachend ließ ich es mit mir machen, allerdings musste ich sie dabei weiter in Richtung Schlafzimmer drücken, denn für alles andere fehlte mir so was von die Geduld. Als sie mein Hemd fertig aufgeknöpft hatte, zog ich es mir sofort von den Armen und pfefferte es in die offene Küche, an der wir gerade vorbeikamen.

»Wo ist dein Schlafzimmer?«, fragte sie und sah mich mit sehnsuchtsvoll funkelnden Augen an. »Ich will es nicht auf der Couch machen oder so, das kannst du vergessen.«

Ich lachte und leckte ihr über die Lippen. »Was denkst du denn, wo ich gerade mit dir hingehe?«

Rosa lächelte süß und sprang mir entgegen. Ich fing sie wahnsinnig gerne auf und spannte die Muskeln an, um sie zu tragen. Sie schlang die Beine um mich und erfüllte meine vier Wände mit ihrem heißen Lachen. Längst stützten meine Hände sie an ihrem strammen Hintern, und ich war richtig froh, dass sie mir jetzt hilflos ausgeliefert war. Denn so konnte ich sie mit schnellen, ungeduldigen Schritten ins Schlafzimmer tragen.

Als wir ins Schlafzimmer kamen, nahm sie mein Gesicht in die Hände und bombardierte mich mit wilden Küssen. Ich kam kaum damit hinterher, ihre süßen Küsse zu erwidern, aber ich versuchte es nur zu gerne. Überraschenderweise bekam ich ihretwegen weiche Knie und musste mich konzentrieren, um sie weiter sicher zum Bett zu tragen. Vorsichtig legte ich sie auf die Decke. Rosa lachte vor Glück und hielt mich fest, zog mich fester zu sich, weil sie wollte, dass ich mich direkt auf sie legte. Lachend befreite ich mich von ihr, denn ich konnte nicht länger damit warten, ihr das Kleid über den Kopf zu ziehen.

Endlich.

Endlich lag sie in schwarzer Spitzenunterwäsche vor mir, auf meinem Bett, willig und bereit für alles, was ich mit ihr vorhatte. Und was diese Frau anging, so waren meiner Fantasie absolut keine Grenzen mehr gesetzt. Ungeduldig krabbelte ich auf sie und ...

»Oh«, machte sie, und zwar in einem Tonfall, der mir direkt ein ungutes Gefühl vermittelte.

Ich hielt inne.

Plötzlich klang sie richtig ernst. »Hinlegen war keine gute Idee.«

»Wieso?« Verunsichert lächelte ich. »Mir gefällst du außerordentlich gut so.«

Rosa dagegen wirkte regelrecht besorgt und angespannt. »Oh nein, ich …«

Gerade wollte ich fragen, was los ist, da stieß sie mich auch schon weg und sprang auf. Mit gequälten Geräuschen flüchtete sie in den Korridor und suchte mein Badezimmer, bis sie es fand und darin verschwand.

Der Rest ist, na ja, Geschichte.

Ich habe später nach ihr gesehen und sie wieder zum Bett begleitet. Während ich ihr anschließend ein Glas Wasser geholt habe, ist sie eingeschlafen. Also habe ich sie zugedeckt und es mir auf der Couch im Wohnbereich gemütlich gemacht. Diesen Teil der Geschichte habe ich ihr ja eben schon, bevor sie unter die Dusche verschwunden ist, erzählt.

Und mehr muss sie eigentlich nicht wissen. Selbst diesen Teil habe ich ihr ja nur verraten, weil sie eben unbedingt wissen wollte, ob etwas vorgefallen ist. Aber wozu sollte ich sie an weitere Details erinnern, wenn sie aus der Dusche zurückkommt? Etwa daran, wie es sich für mich angefühlt hat, sie zu küssen. Daran, wie gut wir uns im Club verstanden haben.

Das ist doch jetzt alles egal.

Von all dem weiß sie nichts mehr.

Ist es dann überhaupt passiert?

Ja, ist es natürlich. Und meine Erinnerungen an vergangene Nacht sind so klar wie der eine Tequila, den sie zu viel gehabt haben dürfte.

Aber was spielt das jetzt noch für eine Rolle?

Keine.

Weder für sie noch für mich.

Denn dafür ist die Atmosphäre zwischen uns jetzt einfach zu angespannt.

4. KAPITEL

MAXWELL

Ich bin nicht enttäuscht, böse oder sonst was. Unsere Begegnung hat mich regelrecht elektrisiert, und ich zähle nicht zu den Männern, die die beleidigte Leberwurst spielen, wenn sie mal nicht zum Schuss kommen. Wahnsinnig gerne hätte ich mit Rosa zwar noch so einiges mehr angestellt, aber es sollte eben nicht sein. Das passiert nun mal. Davon geht die Welt nicht unter.

Aber vielleicht ist Rosa ja gleich, nach einer erfrischenden Dusche, endlich wieder etwas lockerer drauf und hat nicht mehr so ein schlechtes Gewissen. Das würde das Ganze auch für mich deutlich angenehmer machen.

Wenigstens für einen positiven Abschluss.

Für ein ungezwungenes Lebwohl.

Hoffnungsvoll bereite ich das Frühstück zu. Unsere erste und gleichzeitig letzte, eben unsere einzige gemeinsame Mahlzeit. Rührei mit Speck ist genau das Richtige, wenn man verkatert ist. In diesem Fall bin gar nicht *ich* derjenige mit einem Kater, sondern mein ... Übernachtungsgast. Aber auch ich kann jetzt ein stärkendes Frühstück vertragen. Denn aus irgendeinem Grund, den ich nicht ganz kapieren will, scheinen Rosa und ich uns gegenseitig verdammt nervös zu machen. Warum wirkt sie so verkrampft? Und warum komme ich mir so hilflos vor? Beide scheinen wir aus der Angelegenheit eine größere Sache zu machen, als sie eigentlich ist. Mental. Wieso ist das so? Sicherlich hat sie dafür einen anderen Grund als ich.

Ach, keine Ahnung.

Ist doch jetzt auch egal.

Gleich wird sie gehen, und dann ist sowieso alles vorbei. Dann werden wir uns niemals wiedersehen. Genau dieser Wunsch steht doch in ihren smaragdgrünen Augen geschrieben. Dann ist das eben so.

Als ich den Induktionsherd gerade ausmache, kommt Rosa wieder in die Küche. Barfuß tapst sie zu mir und kommt mir dabei schon richtig elfenartig vor, als sie sich mir auf zarten, leisen Schritten nähert. Auch jetzt wieder kommen ihre Kurven in diesem Kleid perfekt zur Geltung. Ihre Sommersprossen lachen mich noch deutlicher an als eben. So gut durchblutet, wie ihre Lippen und ihre Wangen aussehen, dürfte sie sich soeben eine heiße Dusche gegönnt haben. Ihr rotbraunes Haar ist nur handtuchtrocken und wellt sich durch die Feuchtigkeit besonders stark. Alles in allem könnte mich ihr Anblick jetzt schon wieder umhauen und ich würde sie nur zu gerne auf der Stelle packen, um sie doch wieder ins Schlafzimmer zu zerren.

Wäre da nicht schon wieder dieser angespannte Ausdruck in ihrem süßen Gesicht.

»Hey«, sage ich, weil mir nichts anderes einfällt.

Zaghaft nickt sie. »Danke für die Dusche.«

Leicht presse ich die Lippen aufeinander und muss mich beherrschen, nicht zu lange auf ihre zu sehen. »Kein Problem.« Ich deute auf die Pfannen. »Frühstück?«

Kurz überlegt Rosa und wirkt schon, als wollte sie erneut widersprechen. Doch dann kann sie sich ein Lächeln abringen. »Ja, gerne. Wenn du dir schon die Mühe machst.«

Ich winke ab. »Ich hätte mir sowieso was gemacht.«

Verhalten lächeln wir beide und sagen einen Moment lang nichts.

»Bitte«, meine ich dann und zeige auf den einen Hocker vor der Kücheninsel. »Setz dich.«

Wortlos nickt sie und gehorcht.

Ich hole das Rührei und den Speck aus den Pfannen und verteile beides auf zwei Teller, die ich uns hinstelle. Dann schenke ich uns frisches Wasser ein.

»Danke«, sagt sie wieder nur, mit gesenktem Kopf, und muss sich räuspern. Anstatt über das Frühstück herzufallen, blickt sie sich verstohlen um.

Ich könnte sie jetzt fragen, was sie eigentlich beruflich macht. Genau diese Frage scheint ihr auch gerade in den Sinn gekommen zu sein, um mehr über mich zu erfahren, den Fremden, dem sie letzte Nacht angetrunken nach Hause gefolgt ist, um mit ihm in die Kiste zu springen.

Aber wir beide entschließen uns dazu, uns nicht gegenseitig auszufragen. Uns nicht näher kennenzulernen. Es einfach dabei zu belassen. Jetzt, wo alles gelaufen ist.

Schließlich mache ich den Anfang, nehme die Gabel in die Hand und wünsche ihr einen guten Appetit. Und noch nie bin ich mir so dämlich dabei vorgekommen, das zu jemandem zu sagen. Doch wenigstens hilft es. Auch Rosa traut sich endlich, die Gabel aufzunehmen und ein paar kleine Bissen zu sich zu nehmen.

Müsste sie nicht eigentlich am Verhungern und Verdursten sein? Mann, meine Anwesenheit muss ihr echt unangenehm sein. Oder das, was zwischen uns vorgefallen ist. Oder mein Penthouse. Womöglich alles zusammen. Und das wiederum macht es auch mir schwer, das Essen zu genießen und überhaupt runterzuschlucken. Dabei kommt es mir immer noch total neu und unlogisch vor, dass die Verunsicherung einer fremden Frau auch bei mir Verunsicherung auslöst.

Sekunde für Sekunde kommt es mir so vor, als würde die Zeit langsamer vergehen. Immer wieder fällt mir etwas ein, das ich zu ihr sagen will, doch dann entscheide ich mich doch dagegen, es auszusprechen. Mittlerweile habe ich einfach bei allem, was mir in den Sinn kommt, Angst, dass ich damit alles für sie nur noch schlimmer machen würde. Aber sich jetzt weiter anzuschweigen, gefällt mir auch nicht.

»Und?«, frage ich also letztlich. »Hast du es weit von hier bis nach Hause?«

Ratlos sieht sie vom Teller auf und blickt mich überfordert an. »Äh …«

Ach ja. Sie weiß ja gar nicht, wo wir sind. Nicht einmal daran, was ich als Adresse zum Taxifahrer gesagt habe, dürfte sie sich noch erinnern.

»Wir sind im östlichen DuPage County«, füge ich an.

»Oh, dann … nein, dann habe ich es nicht weit.«

Ich nicke. »Welcher Bezirk?«

Sie zögert. »Cook County, im Westen davon.«

»Ach so«, mache ich. »Gleich nebenan.«

Verhalten nickt auch sie, dann wendet sie sich lieber wieder dem Teller zu, ohne allerdings noch wirklich einen Bissen zu sich zu nehmen. Als würde sie hier nur noch ihre Zeit als meine Gefangene absitzen, ehe sie endlich gehen könnte, ohne zu unhöflich zu sein.

Scheiße. Das ist echt der unangenehmste *Morgen danach*, den ich jemals hatte. Ich kann mir einfach nicht helfen. Mit allem, was ich tue oder sage, mache ich es nur noch schlimmer. Für uns beide. Wegen ihres schlechten Gewissens? Oder steckt noch etwas anderes dahinter?

Ich weiß es einfach nicht. Und ich werde es auch nicht mehr erfahren. Im Moment kapiere ich weder mein eigenes Empfinden, noch bin ich in der Lage, diese Frau zu lesen. Letzte Nacht hat es zwischen uns besser harmoniert. Dann dürfte es wirklich nur am Alkohol gelegen haben.

Na dann.

Wir wollen dieses unangenehme Schweigen hier doch beide auflösen, richtig?

Dann sollten wir das jetzt auch endlich tun.

Ich habe ihr eine Dusche, etwas zu essen und zu trinken angeboten.

Und ich werde das Gefühl nicht los, dass Rosa auch das noch als Strafe für ihren Blackout betrachtet.

Damit bin ich also raus. Beenden wir das Ganze einfach.

Ich will gerade überlegen, wie ich unsere Verabschiedung am nettesten einleite, da legt sie die Gabel ab und muss sich abermals räuspern. »Danke für das Frühstück, aber ich muss jetzt los.«

Wieder nicke ich und denke nicht daran, sie aufzuhalten. »Okay.«

Schon erhebt sie sich und begibt sich zu ihren Sachen. Auch ich stehe auf und fange an, das Geschirr beiseite zu räumen. Als ich dann zu ihr aufschließe und sie zur Tür begleite, erwische ich mich dabei, dass ich mich unendlich erleichtert fühle.

Auch jetzt schafft Rosa es kaum, mir länger als eine Sekunde in die Augen zu sehen. »Also dann …«, verlässt es zart ihren Mund.

Ich mache die Tür auf. »Ja. Komm gut nach Hause.«

Wieder komme ich mir mit dem, was ich da von mir gebe, total dämlich vor. Was sage ich denn normalerweise, wenn ich mich von einer Frau verabschiede, die ich irgendwo aufgegabelt habe und die die Nacht bei mir verbracht hat? Keine Ahnung! Darüber habe ich noch nie nachdenken müssen. Das ist es ja, was mich gerade so fertig macht.

»Danke«, sagt sie und widmet mir einen letzten Blick.

Und dann verschwindet Rosa aus meinem Flur. Aus meinem Blickfeld. Aus meinem Leben.

Ich mache die Tür zu, verschränke die Hände hinterm Kopf und atme tief durch.

Scheiße, was war das denn?

Eindeutig die verrückteste Nacht und der seltsamste Morgen meines Lebens.

Schade, dass wir nicht einfach zusammen darüber lachen konnten. Oder einen zweiten Versuch unternommen haben. Gemeinsam unter der Dusche oder eben im Bett.

Aber alles an ihrer Art, seit sie wieder wach ist, hat dagegen gesprochen. Wirklich alles an ihrem Verhalten – und schlussendlich auch an meinem.

So ist das eben. Auch davon geht die Welt nicht unter. Jedenfalls nicht meine.

Und dabei werde ich es jetzt einfach belassen.

5. KAPITEL

ROSA

Bauchmuskeln. Perfekte, ausgeprägte, verdammt heiße Bauchmuskeln bewegen sich über mir, kommen näher. Volle, verführerische Lippen suchen meinen Mund, um mich zu küssen. Hände ertasten mich. Finger streicheln mich, verwöhnen mich. Jede einzelne seiner Berührungen jagt ein Kribbeln durch meinen Körper, das mir den Verstand raubt. Er atmet. Ich stöhne. Er seufzt. Ich keuche.

Du meine Güte!

Langsam erinnere ich mich wieder.

An meine verrückte Nacht mit ... Maxwell.

An den einzigen One-Night-Stand meines Lebens.

Zwar ist da noch immer diese Lücke in meinem Gedächtnis und mir bleiben die peinlichen Bilder von meinem Absturz in seinem Badezimmer auch weiterhin erspart, aber gewisse andere Dinge, die sich davor abgespielt haben, kehren nun vor mein inneres Auge zurück.

Ja, inzwischen fällt mir so einiges wieder ein.

Wie sich unsere Blicke zum ersten Mal in diesem Nachtclub getroffen haben. Wie mich sein charmantes Lächeln umgehauen hat. Welche Wärme ich in seinen braunen Augen entdeckt habe. Wie wir ins Gespräch gekommen sind, weil ich mich ihm aufgedrängt habe. Wie viel Spaß es gemacht hat, mich mit ihm zu unterhalten, egal über was. Wie leicht es mir gefallen ist, die Elektromusik und all die Leute um uns herum auszublenden, inklusive meiner besten Freundin. Wie toll er gerochen hat. Wie gut er in seinem Markenhemd mit dem aufgeknöpften Kragen ausgesehen hat. Wie viele Schmetterlinge ich im Bauch hatte, wann immer er meinetwegen gelacht hat.

Und, Gott, wie es sich angefühlt hat, ihn zu küssen und von ihm geküsst zu werden …

Schon im Taxi haben wir gar nicht mehr die Finger und die Lippen voneinander lassen können.

Und ich weiß jetzt wieder, dass ich in dem Moment nicht darüber nachgedacht habe, was ich da eigentlich tat. Darüber, dass wir uns überhaupt nicht kannten und ich einem Fremden nach Hause folgte.

Normalerweise mache ich so etwas nicht, nein, auf keinen Fall. Das war jetzt eine absolute Premiere für mich. Und das schreibe ich dem Alkohol zu. Dem Alkohol, Mels Trinkfestigkeit und meiner aktuellen Verfassung, denn die Trennung von Sam als Lebens- und Geschäftspartner wühlt mich natürlich auf.

Keine Frage. Vor allem der Alkohol ist schuld daran, dass ich so einen Schönling wie Maxwell überhaupt angesprochen habe. Dass ich mit zu ihm nach Hause gegangen bin. Und ... dass ich es dann versaut habe. Unsere gemeinsame Nacht. *Das* war vermutlich auch für *ihn* eine Premiere.

Mann!

Ich bin also im Bett von *Mr. Perfect* aufgewacht – und habe es total versaut!

Auch den Morgen danach! Das ist mir mittlerweile klargeworden.

Aber in dem Moment bin ich einfach nur überfordert gewesen. Ohne Erinnerungen, dafür mit gewaltigen Kopfschmerzen, bin ich in einem fremden Bett aufgewacht. In einem fremden Haus. Einem modern und hochpreisig eingerichteten und natürlich top aufgeräumten Penthouse. Dann bin ich in mein Kleid von letzter Nacht geschlüpft und habe mich in die Küche vorgewagt, und was ist passiert? Plötzlich hat niemand anderes als eben *Mr. Perfect* in Person vor mir gestanden. Ein Typ mit perfekt gebautem Körper, perfekt gezeichnetem Gesicht, dem perfekten Ausdruck in seinen dunklen Augen und eben einem perfekten Apartment. Nur in Boxershorts und Shirt hat er dagestanden. Ohne dass ich mich an ihn oder an unsere gemeinsame Nacht habe erinnern können.

Natürlich bin ich da innerlich durchgedreht und habe mich total verkrampft!

Erst recht, als ich dann auch noch erfahren habe, dass ich mich in seinem Badezimmer übergeben hatte, bevor wir überhaupt hätten richtig zur Sache kommen können.

Was muss das für eine Enttäuschung für ihn gewesen sein!

Nicht *das*, sondern ich!

Was dachte er seitdem über mich? Hatte er Mitleid mit mir oder war er einfach nur genervt? Was fände ich denn schlimmer?

Genau diese Gedanken sind mir durch den Kopf geschossen, als ich vollkommen perplex vor ihm in seiner – perfekten – Küche gestanden habe.

Denn zu dem Zeitpunkt habe ich keine Erinnerungen an ihn gehabt. Ich habe in dem Moment nicht gewusst, wie gut wir uns in der Nacht zuvor verstanden haben. Wie geborgen und gut ich mich an seiner Seite gefühlt habe. Wie herzhaft und warm er lachen kann. Und wie schwer er die Finger von mir hat lassen können, nämlich ... gar nicht.

Hätte ich mich an all das schon direkt nach dem Aufwachen erinnert, dann wäre mir die ganze Situation womöglich nicht so verflucht peinlich gewesen. Womöglich wäre ich dann lockerer damit umgegangen, hätte sogar Witze darüber gemacht und, keine Ahnung, ihn um eine zweite Chance gebeten. Auf der Stelle. In seinem Bett. Und eventuell hätte auch er sich dann anders verhalten.

Ich weiß es nicht. Und jetzt bringt es eigentlich auch nichts mehr, darüber zu spekulieren.

Es ist, wie es ist. Das Ding ist gelaufen.

Immerhin: Je besser ich mich nun wieder erinnern kann, umso weniger peinlich ist mir die ganze Angelegenheit. Weil ich mir inzwischen sogar sicher bin, dass Maxwell eben nicht der Typ ist, der eine Frau deswegen gedanklich auslacht oder so. Nein, er ist der Typ Mann, der einer Frau selbst nach so einem Desaster eine Dusche anbietet und Frühstück macht. Ein richtiger *Mr. Perfect* eben.

Er denkt vermutlich gar nichts Schlechtes über mich. Er denkt überhaupt nicht mehr über mich nach. Wir werden uns ja sowieso niemals wiedersehen.

Aber ...

Was mich nach wie vor frustriert, ist das Gefühl, die Chance meines Lebens verpasst zu haben.

Ergibt das einen Sinn?

Und was meint mein Kopf damit überhaupt?

Die Chance meines Lebens.

Soll das etwa auf den Sex bezogen sein?

Sollte eine Frau einmal in ihrem Leben mit Maxwell Hayes – sein Nachname stand an der Türklingel – geschlafen haben?

Weil der Sex mit diesem *Mr. Perfect* eben nichts anderes als perfekt ist?

»Ach, was weiß ich ...«, murmle ich bedrückt und seufze, während ich auf den Boden vor mir starre.

»Wie bitte?«, erklingt eine mir bekannte Frauenstimme.

Ich zucke zusammen und blicke auf. »Oh, Ms. Griffin!« Hastig erhebe ich mich vom Stuhl und gebe ihr die Hand.

Kurz lacht sie. »Guten Morgen, Ms. Bailyn. Ich wollte Sie nicht erschrecken, aber Sie haben gerade auf meine erste Begrüßung nicht reagiert. Anscheinend waren Sie gerade in Gedanken.«

Schlagartig bekomme ich heiße Wangen. »Äh, ja …«

»Machen Sie sich keine Sorgen«, sagt Ms. Griffin, meine Anwältin. »Wir kriegen das schon geregelt, und zwar nach Ihren Wünschen. Sie haben doch sicher gerade an Ihre Firma gedacht, nicht wahr?«

Mir wird noch heißer. »J-Ja, natürlich … Woran auch sonst … Im Moment gibt es nichts Wichtigeres für mich …«

Und so sollte es auch wirklich sein! Ich muss mich auf das Unternehmen konzentrieren, voll und ganz. Da bleibt kein Platz übrig für irgendwelche Gedanken an einen *Mr. Perfect*, mit dem ich beinahe Sex gehabt hätte. Ob ich es nun bereue, so viel getrunken zu haben, oder nicht. Das ist doch jetzt alles nicht mehr wichtig! Also Schluss damit, und zwar endgültig.

Ich bin hier im Wartebereich der Kanzlei, die Sam vertritt. Und soeben ist also auch meine Anwältin, Jodie Griffin, dazugestoßen. Gleich treffen wir uns mit meinem Ex und seiner Anwältin, Mrs. Betty Hill. Und dann wird verhandelt. Knallhart verhandelt. Also. Konzentration! Ich will, dass Sam sich zu einem fairen Preis auszahlen lässt und wir beide damit abschließen können. Ich verkörpere die Firma und werde sie allein weiterführen. Sam soll das bekommen, was ihm zusteht, aber nicht mehr. Denn mehr als das, was mir vorschwebt, kann ich nicht aufwenden. Zusammenarbeiten können wir aber definitiv nicht mehr. Deswegen muss die Verhandlung gleich reibungslos über die Bühne gehen. Ich will Sam nicht provozieren, ich will sogar wirklich gerne im Guten mit ihm auseinander gehen. Aber ich will einen klaren Schlussstrich ziehen, ohne mich über den Tisch ziehen zu lassen. Darum sind wir heute hier. Und wenn ich gleich keinen Fehler mache, findet die ganze Sache in wenigen Minuten ihren Abschluss und ich kann nach vorne blicken – beruflich wie privat.

Was kann es da Wichtigeres geben?

Richtig!

Nichts.

»Bleiben Sie ganz ruhig, Ms. Bailyn«, bittet Ms. Griffin mich und setzt sich neben mich, wobei sie ihren dunkelgrauen Hosenanzug glattstreicht. »Überlassen Sie die einleitenden Worte für die Verhandlung getrost mir.«

Ich nicke. »Sehr gerne. Sie sind die Expertin.«

Dazu sagt sie nichts mehr, aber ihr Lächeln beruhigt mich tatsächlich ein wenig.

Mann ...

Wenn man uns nur endlich aufrufen und in den Konferenzraum führen würde! Diese Warterei ist ja fürchterlich. Gehört das etwa zur Taktik der

– wie nannte Ms. Griffin es gerade – *gegnerischen* Anwältin, dieser Mrs. Hill?

Mhm …

Bauchmuskeln. Perfekte Bauchmuskeln, die …

Nein, Schluss jetzt!

Was Maxwell betrifft, so gilt das, was ich Mel gestern am Telefon gesagt habe, als ich wieder zu Hause angekommen bin: *Es ist nichts Erwähnenswertes passiert, und damit hat es sich.*

Klar habe ich Mel dann doch noch mehr Details erzählt, vorher hat sie sowieso nicht lockergelassen, aber der Punkt ist …

»Ms. Griffin?«, wird meine Anwältin plötzlich von der Empfangsdame angesprochen.

»Ja?«, erwidert sie, und wir erheben uns beide.

»Man erwartet Sie jetzt im Konferenzraum zwei. Darf ich Sie hinführen?«

Jodie Griffin schüttelt den Kopf. »Nicht nötig, ich kenne mich hier aus.« Schon fordert sie mich mit einem Blick auf, ihr zu folgen, und setzt sich in Bewegung. »In dieser Kanzlei habe ich schon oft an irgendwelchen Verhandlungstischen gesessen.«

Ich eile ihr hinterher. »Ja stimmt, das erwähnten Sie schon, als wir erfahren haben, wer meinen Geschäftspartner vertritt.«

»Ihren baldigen Ex-Geschäftspartner«, korrigiert sie mich gelassen, ohne dafür stehenzubleiben.

»Sind Ihre bisherigen Verhandlungen in dieser Kanzlei hier denn erfolgreich gewesen?«, frage ich sie und schließe zu ihr auf. »Das haben Sie mir bisher noch nicht erzählt.«

Voller Selbstbewusstsein grinst sie mich an. »Weil der Profi nicht mit seinen Erfolgen prahlt.«

Ich lache.

Sehr gut!

Ms. Griffin gefällt mir. Sie als Anwältin zu nehmen, ist wirklich die richtige Entscheidung gewesen. Dann wird die Verhandlung ja hoffentlich gut verlaufen.

Frohen Mutes folge ich ihr in den Konferenzraum – und mein Herz rutscht mir gefühlt in die Hose, als ich dort jemanden am Fenster stehen und auf uns warten sehe. Schon als er uns noch den Rücken zugewandt hat, erkenne ich ihn natürlich sofort. Dieses schwarze Chaos, das er Frisur nennt, würde ich überall sofort wiedererkennen.

Es ist Sam.

Sam Briggs. 27 Jahre alt, eben ein paar Monate jünger als ich. Fünf Jahre lang sind wir ein Paar gewesen. Die letzten drei davon haben wir nicht nur das Bett geteilt, sondern auch die Firma. Vielleicht haben wir uns deswegen auseinandergelebt. Weil es am Ende in unseren Gesprächen, wenn sie denn stattfanden, nur noch um die Firma ging. Keine Ahnung, ob die Entscheidung, zusammen ein Unternehmen zu gründen, unser privates Aus eingeleitet hat.

Aber jetzt stehen wir hier, in einem Konferenzraum, mit unseren Anwältinnen.

Wobei – seine Anwältin ist noch gar nicht da.

»Sam«, begrüße ich ihn und achte auf eine freundliche Stimme.

Erst da dreht er sich zu uns um.

»Guten Morgen, Mr. Briggs«, lässt Ms. Griffin kräftig verlauten. Sie begibt sich zu ihm und reicht ihm die Hand.

Ohne dass sich seine Mimik großartig ändert, zieht er endlich die Hände aus den Hosentaschen seiner Jeans und lässt sich auf einen Händedruck mit meiner Anwältin ein. »Ms. Griffin.« Anschließend wandert sein Blick wieder zu mir. »Hallo Rosa.«

Ich schließe zu den beiden auf und weiß gar nicht, wie ich ihn begrüßen soll. Mit einer Umarmung? Oder einem Händedruck? Einem Nicken? Irgendwie kommt mir alles unpassend vor.

Als würde er mir das direkt ansehen, nimmt er mir die Entscheidung ab, überwindet die letzten Zentimeter zwischen uns und gibt mir einen Kuss auf die Wange, während er kurz die Hand an meine Taille legt. Sein herbes Aftershave steigt mir in die Nase und seine Bartstoppeln kitzeln mich.

Was ich dabei fühle, ist ... nichts Romantisches. Es ist vielmehr eine Art Erleichterung. In den letzten Tagen haben wir nicht mehr miteinander gesprochen. Deswegen bin ich mir nicht mehr sicher gewesen, wie er sich heute verhalten würde. Aber seine Art, mich zu begrüßen, lässt mich jetzt hoffen, dass er ebenso friedfertig drauf ist und diese Verhandlung genauso schnell und unkompliziert über die Bühne bringen möchte wie ich.

Und so reagiere ich auf seinen Wangenkuss mit einem Lächeln. »Wie geht es dir?«

Er nickt. »Und dir?«

Wieder achte ich darauf, zu lächeln. »Ich würde mich sehr freuen, wenn wir uns einig werden.«

Da verschwinden seine Hände wieder in den Hosentaschen und er atmet ernsten Blickes durch. »Dafür sind wir ja hier.«

Wow.

Ich meine …

So kann man es natürlich auch formulieren.

Unrecht hat er nicht.

Aber es ist schon erschreckend, wie kühl wir mittlerweile zueinander sind.

»Wo steckt denn Ihre Anwältin?«, fragt Ms. Griffin ihn, während sie ein paar Schritte durch den Konferenzraum schreitet und demonstrativ in den Flur blickt, ehe sie Sam wieder ansieht. »Erweist sie uns heute noch die Ehre?«

Abfällig lacht Sam. »Haben Sie noch andere Termine, Ms. Griffin?«

Sie bleibt stehen und hält seinem Blick stand. » »Verzeihen Sie, dass *ich* Termine, die ich abspreche, einzuhalten pflege.«

Nur kurz sieht er zu mir, dann wendet er sich wieder meiner Anwältin zu. »Was mit Mrs. Hill ist, weiß ich leider auch nicht. In ihrem Büro ist sie nicht. Ich kam hier an und es hieß, ich soll hier warten.«

Verunsichert lächle ich. »Sicher kommt sie gleich. Das wird sich alles gleich klären.«

Sam begibt sich zum Flur und schaut sich neugierig um. Als er Mrs. Hill nirgends zu entdecken scheint, kommt er wieder in den

Konferenzraum und setzt sich mit ernster Miene hin.

Ich muss schlucken. Zwar kommt er mir nicht angriffslustig vor, aber ein weiteres Mal merke ich, dass es wirklich richtig gewesen ist, getrennte Wege zu gehen. Zunächst hat eine Trennung zwar so gar nicht zu meinem Bild einer perfekten Beziehung gepasst, die natürlich für immer halten würde. Doch inzwischen ist mir endgültig klar geworden, dass Sam einfach nicht der Richtige für mich gewesen ist – und ich nicht die Richtige für ihn. Das ist eine Tatsache, die ich eben nicht länger ignorieren konnte. Und das macht die Sache mit unserem gemeinsamen Unternehmen natürlich schwierig.

Aber selbst das wird sich hoffentlich bald klären.

Und dann hat die ganze Angelegenheit ja auch noch etwas Gutes an sich!

Denn wenn Sam noch nicht der Richtige für mich war, dann kann das nur eins bedeuten:

Mein Mr. Right wartet noch immer auf mich! Meine wahre Liebesgeschichte hatte ich noch gar nicht, sondern diese darf ich erst noch erleben. Mit allen ersten Malen, die damit einhergehen. Der erste Blick. Das erste Lächeln. Das erste Gespräch. Die erste Berührung. Der erste Kuss. Der erste Sex. Das erste Aufwachen in seinem Bett. Irgendwo da draußen treibt er sich herum, mein ganz persönlicher Mr. Perfect.

Äh, Mr. Right! Ich meinte natürlich Mr. Right.

Ach, das ist doch in dem Fall dasselbe, oder?

Ja, genau. Also. Irgendwo da draußen wartet er auf mich. Und am besten wartet er noch ein bisschen weiter, damit ich erst mal alles, was die Firma betrifft, mit Sam und unseren Anwältinnen klären kann. Wenn das abgeschlossen ist und ich es auch emotional verarbeitet habe, dann kann Mr. Right meinetwegen in mein Leben treten und es gehörig auf den Kopf stellen! Und dann soll es mich bitte so richtig erwischen, denn eine Romantikerin bin ich nach wie vor. Oh ja! Eines Tages, irgendwann in der Zukunft, wird mein Mr. Right einfach durch die Tür spaziert kommen und ...

»Guten Morgen«, höre ich eine Männerstimme erklingen, noch bevor ihr Besitzer den Konferenzraum betritt. »Bitte entschuldigen Sie die Verzögerung.«

Und dann passiert es.

Er kommt in den Raum. Bleibt stehen. Widmet Sam und Ms. Griffin den ersten, flüchtigen Blick. Dann entdeckt er mich. Und erkennt mich, wenn ich den Ausdruck in seinem perfekten Gesicht richtig deute, direkt wieder, so wie ich auch ihn sofort wiedererkannt habe.

Wie könnte ich ihn auch vergessen.

Perfekte dunkle Augen.

Perfekte Lippen.

Perfekte Bauchmuskeln, die man jetzt unter diesem maßgeschneiderten Anzug natürlich nicht sehen kann – und doch weiß ich um ihre Existenz aus erster Hand, schließlich habe ich sie erst vor eineinhalb Tagen mit eigenen Augen gesehen und mit meinen Fingern sehnsüchtig ertastet.

Bis dann alles schiefgelaufen ist, weil ich zu tief ins Glas geschaut habe.

Du meine Güte!

Jetzt rutscht mir das Herz gefühlt sogar bis in die Schuhe!

Ich glaube es nicht!

Was macht Maxwell denn hier?

6. KAPITEL

MAXWELL

Interessant. Die Gegenpartei meines neuen Mandanten ist niemand anderes als die Frau, der vor eineinhalb Tagen nichts wichtiger gewesen ist, als vor mir zu flüchten.

Ausgerechnet sie. Ausgerechnet Rosa. Die Rosa, die auf meinem Bett gelegen und mich voller Sehnsucht angesehen hat, ist also die Ms. Rosa Bailyn, mit der ich hier nun kurzfristig zu verhandeln habe.

Wenn das mal nicht ein interessanter Zufall ist.

Allerdings …

Na ja.

Dass die gegnerische Mandantin ausgerechnet die eine Frau ist, die ich Samstagnacht aus ihrem engen Kleid befreit habe, bringt mich jetzt zwar nicht direkt aus der Fassung. Nein, dafür habe ich als Anwalt schon verrücktere Geschichten erlebt.

Aber … reicht das, was zwischen uns gewesen ist, bereits für einen Interessenkonflikt aus?

»Mr. Hayes«, reißt mich eine Frau Ende vierzig kurz aus meinen Gedanken und lächelt selbstbewusst. »Welch unerwartetes Vergnügen.«

Darauf kann ich zunächst gar nicht reagieren, denn noch immer frage ich mich, wie ich mich jetzt verhalten soll.

Wenn man miteinander geschlafen hat, ist die Sache klar. Denn dann ist ein Interessenkonflikt nicht von der Hand zu weisen.

Aber wenn man nur *beinahe* Sex hatte? Wenn man bloß ein bisschen herumgemacht hat und dann peinlich berührt auseinander gegangen ist? Und zwar als einmalige Sache?

Dafür fällt mir gerade beim besten Willen kein Präzedenzfall ein, auf den ich mich beziehen könnte, und auch kein schriftlicher Paragraf. Die Pflichten, an die ich als Anwalt gebunden bin, verbieten mir, einen Fall anzunehmen, wenn ich Gefahr laufe, gegen das Interesse meines Mandanten zu handeln. Dieser Gefahr sehe ich mich allerdings nicht ausgesetzt. Ich habe kein Problem damit, Rosas Exfreund und Geschäftspartner zu vertreten.

Die entscheidende Frage ist also: Wie steht Rosa zu dem Ganzen? Fühlt sie sich gerade unwohl und verkrampft sich? Will sie aus einer Mücke wieder einen Elefanten machen? *Dann* hätten wir einen Interessenkonflikt, und zwar einen zu meinen Gunsten … beziehungsweise zu Gunsten von Sam Briggs. Denn dann hätte ich leichteres

Spiel, Rosa aus dem Konzept zu bringen. Doch auch das könnte ich nicht mit meiner moralischen Verantwortung als Anwalt vereinbaren, und so müsste ich auf der Stelle alle Anwesenden auf den Interessenkonflikt hinweisen.

All das geht mir innerhalb weniger Sekunden durch den Kopf, ehe ich der anderen Anwältin endlich einen längeren Blick widme und nicke. »Ms. Griffin.« Anschließend trete ich weiter in den Raum hinein und lasse die Akte, die Betty Hill mir eben noch schnell in die Hand gedrückt hat, auf den Tisch fallen. »Wie lange ist unser letztes Mal her?« Kurz überlege ich und lasse die Augen schmaler werden. »Ein Jahr?«

»Sieben Monate«, korrigiert sie mich nüchtern und mit ernstem Blick.

Und wir beide wissen sofort, warum. Vor sieben Monaten habe ich Jodie Griffin vor Gericht geschlagen. Ihr damaliger Mandant, ein entlassener Programmierer, hat versucht, meinen Mandaten, einen IT-Konzern, auf eine Million Dollar zu verklagen. Wegen angeblicher irreparabler Rufschädigung. Der Gerichtsprozess ist zu unseren Gunsten ausgegangen, und zwar so eindeutig, dass Ms. Griffin ihrem Mandanten daraufhin sogar geraten hat, erst gar keine Berufung dagegen einzulegen. Damit hat sie ihn wenigstens zu jenem Zeitpunkt richtig beraten – falls es ihr denn um eine gute Beratung ging, und nicht darum, sich einfach die Mühe einer Berufung zu sparen. Aber der Prozess hat sich eine Weile hingezogen, und zwischendurch hat die Beweislage tatsächlich gegen meinen Mandanten gesprochen. Leicht gemacht hat diese Frau es mir also nicht. Und ich mache sowieso nie den Fehler, einen gegnerischen Anwalt zu unterschätzen.

Beide Parteien waren liiert und wollen das Geschäftliche friedlich klären, hat Betty Hill mir eben noch schnell als Information mit auf den Weg gegeben, was diesen Fall hier betrifft. Rosas Fall.

Aber auch eine solche Aussage veranlasst mich nicht dazu, eine Verhandlung auf die leichte Schulter zu nehmen. Verhandlungen wie diese hier sind schon oft in schmutzige Schlachten ausgeartet – ganz egal, wie friedfertig beide Parteien am Anfang gewirkt haben. Wir sprechen hier immerhin von einem kleinen Vermögen, und bei Geld dieser Größenordnung findet der gute Wille, der alten Zeiten zuliebe, schneller sein Ende, als man gucken kann.

Ich habe also jeden Grund, wachsam und konzentriert zu bleiben, wenn ich jetzt für Betty Hill einspringen und Sam Briggs für diese Verhandlung hier vertreten soll.

Wird es dazu denn überhaupt kommen? Wie ergeht es Rosa damit, wenn ich tatsächlich der neue Anwalt ihres Ex-Partners werde?

Aus irgendeinem Grund ist mir das wichtig. Doch bisher kann ich ihrer Mimik nicht entnehmen, ob meine unverhoffte Anwesenheit sie gerade ähnlich schockiert wie am Wochenende in meiner Küche.

»Leider ist meine Kollegin Mrs. Hill kurzzeitig verhindert«, ist das Nächste, was ich von mir gebe.

»Ein familiärer Notfall.« Ich wende mich Sam Briggs zu. »Mr. Briggs, meine Kollegin hat mir Ihre Akte gegeben, damit ich Sie in dieser Verhandlung vertreten kann.«

»Oh«, macht er. »Okay.«

»Allerdings ...« Unweigerlich wandert mein Blick zu Rosa, ehe ich Sam wieder ansehe. »Wenn Sie die Verhandlung lieber verschieben möchten, dann könnten Sie bei Mrs. Hill bleiben.«

Sam sieht zu Rosa. »Verschieben? Wollen wir das?«

Sehr gut. Das ist jetzt also Rosas Chance, mich loszuwerden, ohne dass überhaupt jemand erfahren muss, was sich zwischen uns abgespielt hat. Keiner wird Verdacht schöpfen, wenn Rosa jetzt auf Sam einredet und ihm vorschlägt, lieber bei Betty Hill zu bleiben, mit der er schon Vorgespräche geführt hat.

Zu meiner Überraschung schüttelt Rosa jedoch den Kopf, wenn auch zaghaft. »Nein ... warum verschieben?« Sie lächelt. »Wir wollen ja beide damit abschließen.«

»Na dann?«, meint Sam schulterzuckend und blickt mich wieder an. »Also, Mr. ...«

»Hayes«, sage ich, und kann mir nicht verkneifen, Rosa einen weiteren verstohlenen Blick zuzusenden. »Maxwell Hayes.«

Ihre Miene bleibt ohne Ausdruck, und so will ich mich wieder auf Sam konzentrieren.

»Gut, dann sind Sie jetzt mein neuer Anwalt, Mr. Hayes«, meint Sam.

Zufrieden nicke ich. »Dann unterschreiben Sie bitte hier.« Ich reiche ihm den Vertrag, den ich eben noch schnell vorbereitetet habe, und gebe ihm den Kugelschreiber aus meinem Jackett.

Sam Briggs ist ganz in seinem Element als Geschäftsführer und nimmt sich die Zeit, den Vertrag genauestens durchzulesen.

Währenddessen kann ich mich nicht davon abhalten, wieder zu Rosa zu sehen. Wie gebannt starrt auch sie auf den Vertrag, obwohl sie ihn auf die Entfernung garantiert nicht lesen kann, was sie auch gar nicht dürfte. Starrt sie nur deswegen dorthin, weil sie keinen Blickkontakt mit mir haben möchte? Ich weiß es nicht. Aber mir entgeht nicht, dass sie entspannter wirkt als bei unserem letzten Zusammensein. Als wir uns hier soeben vollkommen unerwartet wiederbegegnet sind, stand auch *ihr* die Überraschung natürlich in ihr süßes Gesicht geschrieben, aber anscheinend hat sie sich diesmal recht schnell wieder gefangen. Seitdem hat sie schließlich kein einziges Mal nervös auf ihre Unterlippe gebissen oder ihre Finger aneinander gerieben. Auch sonst macht sie einen souveränen Eindruck. Und dieser brave Look – die gelbe Bluse mit den kleinen Rüschen am Kragen und die dunkelgraue Stoffhose mit dem hohen, enganliegenden Bund – steht ihr genauso gut wie neulich das figurbetonte Kleid.

Dann … gibt es auch ihrerseits keinen Interessenkonflikt, und wir können fortfahren?

»So«, meint Sam und unterschreibt endlich. »Einverstanden. Legen wir los.«

Im nächsten Moment geben er und ich uns die Hand.

»Wunderbar«, meint Ms. Griffin laut und stellt ihre Aktentasche auf dem Tisch ab. »Ich hatte schon die Befürchtung, dass wir umsonst gekommen sind.« Sie und Rosa tauschen ein Lächeln aus.

»Danke für Ihr Vertrauen, Mr. Briggs«, sage ich zu Sam, anstatt Ms. Griffins Bemerkung mit einer Antwort zu belohnen. »Ich freue mich sehr, Sie als meinen neuen Mandaten begrüßen zu dürfen. Aber bitte, lassen Sie mich Ihnen noch herzliche Grüße von Mrs. Hill aussprechen, der leider etwas Familiäres dazwischengekommen ist.«

»Schon gut«, erwidert Sam. »Ich habe das Gefühl, dass Sie mindestens genauso gut sind, Mr. Hayes.«

Ich lache. »Ich werde mein Bestes geben.« Im nächsten Moment knöpfe ich mein Jackett auf und nehme Platz, woraufhin es mir die anderen drei Anwesenden gleichtun. Und da ich quasi der Gastgeber bin, fange ich an, allen ein Glas Wasser einzuschenken, angefangen bei Rosa.

»Danke«, sagt sie zart, als ich ihr das Glas auf ihre Seite rüberschiebe.

Ich nicke stumm und schenke auch den anderen ein.

Schon witzig. Das ist nun schon das dritte oder vierte Mal innerhalb weniger Stunden, dass ich ihr ein Glas Wasser reiche. Aber von diesem brisanten Geheimnis wissen nur wir beide in diesem Raum, und dabei sollte es vorsichtshalber bleiben.

»Wir haben auch Kekse«, meine ich und sehe wieder zu Rosa. »Die sind um Längen besser als die, die es in der Kanzlei Ihrer Anwältin gibt, Ms. Bailyn.« Ich zwinkere.

Zwar ist es schon etwas komisch, Rosa nun beim Nachnamen zu nennen, obwohl ich vor nicht allzu langer Zeit ihren Vornamen in ihr Ohr gehaucht habe, während ich daran geknabbert habe. Aber wenn sie kein Problem damit hat, mich in dieser Verhandlung dabei zu haben, dann soll es auch an mir nicht scheitern und ich will mich ebenso professionell verhalten. Die Bemerkung mit den Keksen gerade war eher dafür gedacht, um Ms. Griffin zu ärgern, ohne sie direkt anzusprechen, wie wir Anwälte es gerne zu tun pflegen, um uns aufzuwärmen.

»Reden Sie keinen Unsinn, Mr. Hayes«, lauten deshalb auch direkt Ms. Griffins nächste Worte an mich, die vor Gelassenheit nur so strotzen. »Sie wollen doch nur davon ablenken, dass der Kaffee, den man hier in Ihrer Kanzlei bekommt, zu wünschen übrig lässt.«

Amüsiert lache ich. Bis ich Rosas Lächeln bemerke, das ich ihr nicht ganz abkaufe. »Keine Sorge«, sage ich daher zu ihr, und erschrecke fast schon selbst über meine überraschend zärtliche Stimme. »Das ist ganz normaler Smalltalk unter uns Juristen. Niemand stachelt hier den anderen auf.«

Ms. Griffin nickt und gibt mir somit recht.

Erleichtert lächelt Rosa, und diesmal kaufe ich ihr dieses bezaubernde Lächeln schon eher ab.

»Na dann«, gibt Sam von sich. »Können wir anfangen?«

»Natürlich.« Ich lehne mich zurück und schlage die Akte auf, um noch mal die Eckdaten zu lesen. »Vor drei Jahren haben Sie beide, Ms. Bailyn und Mr. Briggs, die Firma *Line Lights* zusammen gegründet. Unter diesem Markennamen stellen Sie sogenannte Buchkerzen her, genauer gesagt klimaneutrale Kerzen mit Düften und Farbverläufen, die zu jeweils einem bestimmten Roman passen und in Absprache mit dem Verlag und der Autorin entstehen.« Ich lese weiter. »Vor allem diese enge Absprache mit den Menschen, die hinter den Büchern stecken, ist ein neuartiges Konzept und hat *Line Lights* großen Erfolg gebracht. Innerhalb kurzer Zeit konnte das Unternehmen seinen Umsatz vervielfachen und mehrere Mitarbeiter einstellen. Da immer mehr Leser *Line Lights* bereits als Synonym für Buchkerzen verstehen und als Nächstes ein weltweiter Verkauf auch außerhalb den USA geplant ist, wird der Wert der Firma aktuell auf eine Million Dollar geschätzt.«

Demonstrativ seufzt Ms. Griffin. »Herzlichen Dank, dass Sie uns über das aufklären, was wir bereits wissen, Mr. Hayes.«

Ich bleibe entspannt und grinse sie an. »Sie wissen ganz genau, dass ich ein paar Minuten brauche, um mich auf den aktuellen Stand zu bringen. Oder mache ich Sie jetzt schon nervös, Ms. Griffin?«

Sie schnalzt mit der Zunge. »Solange ich Ihren Kaffee nicht trinken muss, werde ich ganz sicher nicht nervös.«

Ich lache. Und wieder habe ich das Bedürfnis, zu Rosa zu sehen und ihr mit meinem Blick zu sagen, dass solche Sticheleien ganz normal sind und keinesfalls bedeuten, dass hier irgendjemand den anderen für eine Schlammschlacht provozieren will. Ob es dazu kommt, hängt, jedenfalls was mich angeht, von den Mandanten selbst ab.

Allerdings bemerke ich gerade Sams Blick – und der beunruhigt mich. Sam Briggs ist richtig ruhig geworden und sieht mehrmals mit ernster Miene abwechselnd zu Rosa und mir.

Ob er doch etwas ahnt? Von Samstagnacht?

Das kann eigentlich nicht sein.

Aber trotzdem sollte ich vorsichtiger sein und auf weitere Wortgefechte für heute ausnahmsweise verzichten.

Und so räuspere ich mich und mache nun ebenfalls ein ernstes Gesicht.

Fünfhunderttausend Dollar. Genau die Hälfte des geschätzten Firmenwertes. So viel will Sam von Rosa ausbezahlt bekommen, um ihr seine Anteile zu verkaufen und sich aus dem Unternehmen vollständig und unwiderruflich zurückzuziehen. Das hat Mrs. Hill mir eben noch mitgeteilt. So steht es auch hier in ihrer gut vorbereiteten Akte. Und genau diese Summe ist nur logisch. Garantiert rechnet Ms. Griffin auch schon mit dieser Forderung und hat Rosa darauf vorbereitet. Rosa und Sam dürften sogar offen darüber gesprochen haben. Vielleicht ist das Ganze hier ja wirklich unkompliziert und bloß noch eine reine Formsache, die sich in wenigen Minuten schon erledigt haben wird.

Aber ich will auf alles vorbereitet bleiben.

»Kommen wir zur Sache«, fordert Ms. Griffin und schlägt nun ebenfalls ihre Akte auf. »Es sei denn, Sie brauchen noch mehr Zeit, um sich auf den Stand zu bringen.« Ihr frecher Blick gilt mir.

Ich könnte jetzt so einiges kontern, doch meine Vorgeschichte mit Rosa lässt mich nun plötzlich ungewohnt defensiv werden. Weil mir Sams Körpersprache nicht gefällt. Also zwinge ich mich zu einem Lächeln. »Nein, bitte. Fahren Sie fort.«

»Gut«, meint Jodie Griffin und setzt ihre Lesebrille auf. »Mr. Briggs, wie soeben schon gesagt wurde, beläuft sich der Wert Ihres gemeinsamen Unternehmens auf eine Million Dollar. Und da Sie beide je fünfzig Prozent der Anteile an der Firma besitzen, kommen wir somit auf eine Auszahlsumme in Höhe von fünfhunderttausend Dollar für Sie, wenn Sie Ihre Anteile an meine Mandantin übertragen.«

»Hm«, lässt Sam verlauten.

Alle sehen wir ihn an.

»Wie bitte?«, fragt Ms. Griffin.

Sams Aufmerksamkeit gilt Rosa und seine Augen werden schmaler. »Das ist so nicht ganz richtig.«

Stille kehrt ein. Auch ich versuche zu deuten, worauf Sam hinauswill. Stimmt das, was meine

Kollegin, Betty Hill, mit ihm als zu fordernde Summe besprochen hat, etwa gar nicht mehr? Hat sie vor ihrem gehetzten Aufbruch eben versäumt, mich auf den letzten Stand zu bringen?

»Sam«, sagt Rosa. »Wir haben den Wert der Firma von einem Experten bestätigen lassen. Du warst dabei.«

»Von einem Experten, den *ihr* beauftragt habt«, kontert Sam bissig.

»Hören Sie, Mr. Briggs«, beginnt Jodie Griffin. »Die Schätzung basiert auf den Zahlen, die Sie als kaufmännischer Geschäftsführer geliefert haben.«

»Mag sein«, entgegnet Sam und hat nur Augen für Rosa. »Aber das war, bevor wir beschlossen haben, international zu werden. Oder genauer gesagt: Bevor *ich* es beschlossen habe.«

Ich hole Luft und möchte etwas einwerfen.

»Auf einen weltweiten Verkauf wäre ich irgendwann auch von allein gekommen«, antwortet Rosa allerdings sogleich. »Und was heißt hier überhaupt, *du hast es beschlossen*? Diesen Schritt haben wir gemeinsam entschieden, falls du dich erinnerst.«

»Ist doch egal«, findet Sam und lehnt sich zurück. »Fakt ist, dass der Wert von *Line Lights* noch mal ordentlich nach oben schießen wird, sobald der Online-Shop auf weltweiten Versand umgestellt und in diversen Sprachen angeboten wird.« Er lehnt sich wieder vor und legt die Arme auf dem Tisch ab. Mit seinem Blick fixiert er Rosa wie eine Beute. »Und daran will ich beteiligt werden, wenn ich gehen soll.«

Wenn er gehen *soll*? Er will doch sowieso nichts mehr mit *Line Lights* zu tun haben, dachte ich. Kann es sein, dass er jetzt ziemlich kurzfristig beschlossen hat, weitaus mehr Geld von Rosa zu fordern als ursprünglich geplant?

Wieder kehrt einen Moment lang Stille ein.

Bis ich das Schweigen mit einem Räuspern breche. »Mr. Briggs, könnten wir uns kurz draußen unterhalten?«

»Nicht nötig«, sagt Sam. »Anscheinend hat Mrs. Hill Sie noch nicht auf den letzten Stand gebracht, Mr. Hayes. Aber das macht nichts, denn das werde ich auf der Stelle nachholen. Für alle hier Anwesenden.«

7. KAPITEL

MAXWELL

»Was hat das Ganze zu bedeuten?«, hakt Ms. Griffin ungeduldig nach.

Auch Rosa macht ein fragendes Gesicht.

»Wie ich eben schon sagte«, erwidert Sam entschlossen. »Es geht schlicht und einfach darum, dass ich nicht so billig abgespeist werden will.«

Ich ziehe die Augenbrauen hoch. Auch wenn er jetzt *mein* Mandant ist und gerade mehr Geld für sich rauszuholen versucht, muss ich sofort wissen, ob seine Forderung Hand und Fuß hat. Nur dann kann ich weiter für ihn übernehmen. Allerdings kann ich schlecht etwas sagen, das gegen ihn verwendet werden könnte.

»Mr. Briggs, worauf beziehen Sie sich mit Ihrer Behauptung?«, spricht Ms. Griffin es aus. »Haben Sie dafür irgendeinen Beleg?«

Da holt Sam vier gleichaussehende Ordner aus seiner Aktentasche, die auf dem Boden gestanden hat, und knallt sie auf den Tisch. »Hier ist eine neue Schätzung. Von einem Experten, den *ich* beauftragt habe. Der kommt auf sechs Millionen Dollar Wert für die Firma. Folglich stehen mir für meine Anteile drei Millionen zu.«

»Drei Millionen für deine Anteile!«, ruft Rosa empört aus. »Sam, so viel ist *Line Lights* im Moment ganz sicher nicht wert!«

»Aber bald, Rosa. Das weißt du ganz genau.«

Ich schnappe mir den einen Ordner, während Rosa und Ms. Griffin sich zwei andere Exemplare greifen. Wir alle schlagen den Bericht auf und lesen ihn quer.

Tatsache. Ein anderer Fachmann, von dem ich sogar schon mal gehört habe, kommt auf genau dieses Ergebnis. Sechs Millionen Dollar. Allerdings erst in ...

»In zwei Jahren«, liest auch Rosa jetzt diese eine Zeile und sieht Sam wieder an. »Sam!«

Ms. Griffin übernimmt. »Das hat doch nichts mit dem jetzigen Stand zu tun. Im Moment sind wir bei einer Million Dollar insgesamt!«

»Wollen Sie etwa, dass ich nicht verkaufe und die zwei Jahre abwarte, bis der Wert meiner Anteile entsprechend steigt?« Sam wendet sich Rosa zu. »Willst du das?«

»Das ist Erpressung!«, wirft diese ihm vor.

»Dann gibst du also zu, dass ich recht habe«, feuert er zurück.

Ms. Griffin schnauft. »So ein Unsinn!«

»Moment!«, sage ich so laut und streng, dass alle Anwesenden gar keine andere Wahl haben, als innezuhalten. Ich atme durch und sehe alle drei nacheinander an. »Offenbar ist die Verhandlung gerade festgefahren.«

Ms. Griffin nickt.

»Ich schlage vor, dass wir uns übermorgen wieder treffen«, fahre ich fort.

Wieder nickt sie. »Mittwochmorgen in meiner Kanzlei.«

»Sind Sie damit einverstanden?«, möchte ich von Sam und Rosa wissen.

Beide zögern.

Instinktiv achte ich mehr auf Rosa. *Was sagt sie dazu? Ist das in Ordnung für sie?*

Als sie meinen anhaltenden Blick bemerkt, drückt sie leicht die Lippen zusammen. »Ja, in Ordnung. Mittwoch also.«

Zufrieden nicke ich, dann sehe ich zu Sam.

»Von mir aus«, meint dieser und zuckt mit den Schultern.

»Gut«, sage ich, erhebe mich und knöpfe mein Jackett zu. Ich wende mich an Jodie Griffin. »Meine Sekretärin wird ihre anrufen und den genauen Termin ausmachen.«

Auch damit zeigen sich alle einverstanden und stehen nun ebenfalls auf. Jeder packt sich ein Exemplar des neuen Gutachtens ein.

»Dann bis übermorgen«, sagt Ms. Griffin.

Ich umrunde den Tisch und gebe ihr die Hand. »Ich würde mich über gute Kekse freuen.«

Sie lacht. »Bessere aufzutreiben als die, die es hier gibt, ist nicht schwer.«

»Es ist immer wieder eine Freude, Sie zu sehen«, verabschiede ich mich mit einem Grinsen von ihr.

Und als sie sich zu Sam begibt, um ihm die Hand zu reichen, stehe ich plötzlich vor Rosa.

»Ms. Bailyn«, sage ich – und noch immer fühlt es sich falsch an, sie so zu nennen.

Rosa schenkt mir ein Lächeln. »Mr. Hayes.«

Ich gebe ihr die Hand. »Kommen Sie gut nach Hause.«

Äh, was habe ich da gerade gesagt?

So etwas sage ich normalerweise nicht zu Mandanten, um mich zu verabschieden. Schon gar nicht zu Mandanten der Gegenseite. Und vor allem nicht zu den Frauen, die eine Nacht mit mir verbracht haben – in welcher Form auch immer. Aber gerade habe ich es schon wieder getan. Zum zweiten Mal gegenüber Rosa.

Zum Glück lässt sie sich auch jetzt nichts anmerken und erwidert einfach nur meinen Händedruck.

Vorsichtig umschließen meine Finger ihre zarte Hand. Als ich ihre Haut an meiner spüre, stockt mir kurz der Atem. Unsere Blicke verkeilen sich ineinander, und wieder kommt es mir so vor, als würde die Welt um uns herum nicht mehr existieren. Ich kann es mir nicht erklären, aber so ist es. Ich soll ihre Welt also zum Drehen bringen? Tja, das ist wohl nur der Alkohol gewesen. Ich dagegen werde das Gefühl nicht los, dass diese Frau meine Welt zum Stillstand bringt, und zwar insofern, dass es mir noch nie so leichtgefallen ist, alles andere auszublenden.

Irgendwie würde ich sie das gerne wissen lassen, aber es geht nicht. Wir sind hier schließlich nicht allein. Gerade verlässt Ms. Griffin auch schon den Konferenzraum, und als Sam sich uns nähert, lösen Rosa und ich sofort unsere Berührung auf.

Sam kommt zu uns, bleibt neben Rosa stehen und tauscht Blicke mit ihr aus. Dann geht auch er, ohne noch etwas zu sagen, aus dem Raum.

Krass. Wie kühl er mit ihr umgeht, lässt selbst mich erschaudern. Aber Rosa steckt es weg wie ein Profi. Jedenfalls nach außen. Wie ein Profi eben. Das muss ich ihr lassen.

Streng genommen bin ich nun mit ihr allein im Konferenzraum. Doch nachdem dieser zentral gelegen und von Fensterfronten umgeben ist, sind wir letztlich alles andere als ungestört. Und so schenke ich ihr einen letzten Blick und begebe mich ebenfalls aus dem Raum.

Im Flur wartet auch schon Sam auf mich und fragt mich mit seinem Blick, ob wir uns noch unterhalten können.

»Bitte«, sage ich und deute in die Richtung. »Mein Büro ist gleich da vorne.«

Dankend nickt er und folgt mir. Somit entferne ich mich vom Konferenzraum, ohne mir die Freiheit herauszunehmen, mich noch einmal nach Rosa umzudrehen. Ich erlaube mir nicht einmal, über die Frage nachzudenken, was zur Hölle mit mir los ist. Nein, ich muss mich auf den Fall konzentrieren. Sam Briggs hat einen Vertrag bei mir unterschrieben und ich bin ihm verpflichtet. Wenn die Sache hier erledigt ist, wird er unsere Kanzlei gut entlohnen. Dafür verdient er meine volle Aufmerksamkeit.

»Kommen Sie«, bitte ich ihn in mein Büro und mache hinter uns die Tür zu. Dann zeige ich auf den Stuhl für Gäste. »Möchten Sie sich setzen?«

Er winkt ab. »Sagen Sie mir nur noch eins, Mr. Hayes.«

»Und das wäre?«

Sam legt eine dramatische Pause ein. »Wie schätzen Sie meine Chancen ein?«

»Nun ...« Ich schlage das neue Gutachten auf und lese noch mal quer.

Sam wird ungeduldig. »Rosa denkt doch echt, sie kann mich so billig abspeisen. Aber daraus wird nichts.«

»Hm«, mache ich. »Ehrlich gesagt habe ich nicht den Eindruck, dass Rosa ... ich meine ... dass Ms. Bailyn im Sinn hat, Sie übers Ohr zu hauen. Sie ist von Anfang an für den kreativen Teil der Firma zuständig gewesen, richtig? Rosa Bailyn hatte die Idee für die Kerzen und stellt das Gesicht der Firma dar. Ab sofort auch noch den kaufmännischen Teil zu übernehmen, wird hingegen Neuland für sie werden. Es mag also durchaus sein, dass sie von dem wahren Potenzial des Unternehmens immer noch keine genaue Vorstellung hat und von Ihrer neuen Forderung gerade ziemlich überrascht gewesen ist.«

Sam winkt ab. »Ach, jetzt spekulieren Sie wild, Mr. Hayes. Entschuldigen Sie, dass ich das so sage, aber wer von uns beiden kennt Rosa besser – Sie oder ich?«

Darauf weiß ich nichts zu antworten.

»Aber Rosa will eine Einigung«, sagt Sam dann. »Darauf baue ich. Sie will mich loswerden. Das ist mein Vorteil. Wenn wir Glück haben, knickt sie Mittwoch ein und stimmt der neuen Summe zu.«

Hm. Die beiden haben definitiv miteinander abgeschlossen. So viel ist mal sicher.

»Ich will meinen Anteil«, stellt Sam klar, als ich still bleibe. »Und zwar jeden einzelnen Cent, der mir zusteht. Ich habe dieses Unternehmen aufgebaut. Drei Jahre Schweiß und Herzblut habe ich in diese Firma gesteckt. Soll das umsonst gewesen sein?«

Umsonst? Die Firma boomt und macht Tausende von Kunden glücklich – mal abgesehen davon, dass ich glaube, dass sie Rosa glücklich macht. Und Sam Briggs wird auf keinen Fall leer ausgehen, so viel steht schon mal fest. Was könnte da also umsonst gewesen sein?

Aber – natürlich.

Er will mehr Geld. Noch mehr. Darum geht es doch immer. Ohne eine solche Gier wäre ich womöglich arbeitslos.

»Sie hängen wirklich nicht an der Firma *Line Lights*, was?«, erlaube ich mir zu bemerken. »Also, auf persönlicher Ebene.«

Abfällig lacht Sam. »Mir ging es von Anfang an darum, Geld zu machen. Schon immer wollte ich nach dem College Firmengründer werden und den amerikanischen Traum leben. Und Rosas Idee mit den duftenden Kerzen, die zu ganz bestimmten Buchcovern passen und in enger Zusammenarbeit mit den Verlagen und Autoren entstehen, war eine gute Geschäftsidee. Das ist alles. Ich persönlich habe mit Büchern und Kerzen nichts am Hut, oder sehe ich für Sie etwa danach aus?«

»Dann sind Sie beide zuerst Geschäftspartner gewesen und dann zusammengekommen?«, frage ich, ohne auf *seine* lächerliche Frage einzugehen.

Sam schüttelt den Kopf. »Es war andersherum. Wir sind zusammengekommen und haben dann die Firma gemeinsam gegründet. Aber das ist doch jetzt auch egal. So oder so war es praktisch. Und so oder so ist es nun vorbei.«

Einen Moment lang sehe ich ihn einfach nur an und muss das verdauen. »Das klingt ja nicht sonderlich romantisch, wenn ich mir diese Feststellung erlauben darf.«

Er grinst. »Sie sagen, was Sie denken, Mr. Hayes. Das gefällt mir. Aber soll das ein Vorwurf sein? Und was soll plötzlich dieses private Interesse an Rosa?«

»Mein Interesse gilt Ihnen«, behaupte ich. »Ihren Beweggründen und Zielen. Das ist alles.«

»Wirklich?«, hakt er nach. »Oder sind Sie etwa auch einer von diesen hoffnungslosen Romantikern, der mich jetzt für meine Art verurteilt?«

Ich werde stutzig. »*Auch* ein Romantiker?«

»Rosa«, sagt er nüchtern. »Die ist schon ziemlich romantisch.«

Warum überrascht mich das jetzt nicht?

»Verstehe«, erwidere ich bloß.

»Dann sind Sie also keiner?«, will er immer noch wissen.

»Ein Romantiker? Bisher nicht.«

Er überlegt. »Das heißt?«

Ich zucke mit den Schultern. »Dass sich das ja irgendwann mal ändern könnte.«

»Sie meinen … wenn Ihnen die Eine begegnet?«

Wieder muss ich mit den Schulterzucken. »So in der Art.«

Da lacht er. »Wenn Sie sich vorstellen können, in Zukunft romantisch zu sein, dann sind Sie es im Grunde schon jetzt.«

Hm. Darüber habe ich noch nie nachgedacht.

Wie auch immer.

Es geht hier nicht um mich.

»Jedenfalls verurteile ich Sie nicht, wenn Sie die Dinge sehen, wie Sie sie sehen«, erwidere ich schließlich.

Zufrieden nickt er. »Gut. Und was sagen Sie jetzt zu unseren Chancen mit diesem neuen Gutachten? Werden Sie sich für meine drei Millionen Dollar stark machen, Mr. Hayes? Dann überlasse ich Ihnen am Mittwoch gerne das Wort.«

Kurz überlege ich und werfe einen weiteren Blick in die Akte. »Nur damit ich Bescheid weiß: Käme es für Sie auch infrage, dass Rosa sich auszahlen lässt … und Sie die Firma allein weiterführen und sie vergrößern?«

Sam verzieht den Mund. »Nein, das kommt nicht infrage. Wie ich schon sagte: Ich verbinde mit den Kerzen nichts. Und wie *Sie* schon sagten: Rosa ist das Gesicht der Firma. Das Markenzeichen. Die sympathische, begeisterte Künstlerin hinter dem Produkt.«

Ja, das glaube ich sofort.

»Ohne Rosa wäre *Line Lights* nicht mehr dasselbe«, fährt er fort. »Dann würden die Kunden sofort anfangen, sich bei der Konkurrenz umzusehen.«

»Gibt es bereits Firmen, die Ihr Produkt nachahmen?«, frage ich.

Er nickt. »Mehrere sogar. Die Buchkerze an sich ist auch nicht unsere Erfindung gewesen. Aber *Line Lights* ist inzwischen für viele das Original. Jedenfalls solange Rosa weiter mit ihrem Gesicht und ihrem Namen dafür wirbt. Sie hat in den sozialen Medien einen wirklich guten Draht zu den Stammkunden aufgebaut. Ohne großartige Marketingkampagne, einfach dadurch, dass sie immer postet, wonach ihr so der Sinn steht. Klingt banal, aber es funktioniert. Diese Authentizität, die sie an sich hat. Das muss ich ihr lassen.«

»Ich verstehe. Aber dann stehen Ihre Chancen wirklich nicht schlecht, Mr. Briggs.«

Seine Augen werden größer. »Ja?«

Ich nicke. »Rosa hängt aus persönlichen Gründen sehr an der Firma und möchte mit Ihnen abschließen. Sie will, dass bald eine Einigung zustande kommt.«

»Richtig.«

»Und gleichzeitig dürfte ihr nicht bewusst sein, dass das Unternehmen rapide an Wert verliert, wenn *sie* es verlässt«, fahre ich fort. »Damit könnte sie theoretisch Sie unter Druck setzen, aber natürlich nur, wenn sie davon wüsste.«

»Hm«, macht Sam. »Scheinbar kennen Sie meine Ex doch besser als ich. Schlafen Sie etwa heimlich mit ihr?«

Ich verziehe den Mund.

»Nur ein blöder Scherz!«, ruft er amüsiert aus. »Sie wussten ja bis eben gar nichts von diesem Fall und haben Rosa gerade zum ersten Mal gesehen.«

Was soll ich dazu jetzt sagen?

»Aber um wieder ernst zu werden«, sagt er dann und sieht mich eindringlich an. »Ich muss Sie ja hoffentlich nicht an Ihre anwaltliche Schweigepflicht erinnern.«

Daraufhin kann ich mir ein Schnaufen nicht verkneifen. »Jetzt beleidigen Sie mich aber, Mr. Briggs.«

»Gut«, meint er zufrieden. »Denn es ist wichtig, dass Rosa keinen Tipp darüber bekommt, wie sie *mich* unter Druck setzen könnte.«

Ich öffne die Tür. »Seien Sie unbesorgt. Sie müssen mich nicht über meine Pflichten aufklären, aber haben Sie vielen Dank für den Versuch.«

Sam lacht. »Wissen Sie was, Mr. Hayes? Ich mag Sie!«

Ich wünschte, ich könnte dasselbe von ihm behaupten. Aber wenigstens wird er gut bezahlen, und damit hat es sich.

»Dann bis übermorgen«, verabschiede ich mich von ihm, halte ihm die Tür auf und zwinge mich zu einem Lächeln.

»Schreiben Sie mir den Termin«, sagt er beim Rausgehen. »Meine Kontaktdaten stehen in der Akte.«

Wortlos mache ich die Tür hinter ihm wieder zu und atme durch.

Mann. Sam geht echt in die Vollen. Dabei weiß er ganz genau, dass Rosa das Geld, das er verlangt, im Moment nicht hat.

Haben sie sich deswegen auseinandergelebt? Weil Rosa mit dem Herz denkt, Sam dagegen mit seiner Profitgier?

Wo würde ich mich denn einordnen, wenn ich mich plötzlich entscheiden müsste – zwischen brennender Leidenschaft und meiner Karriere?

8. KAPITEL

ROSA

Mannomann! Was in der letzten Stunde alles passiert ist, muss ich erst mal verarbeiten. Nicht nur die Kälte zwischen Sam und mir hat mir zugesetzt. Jetzt will Sam auch noch mehr Geld, um sich aus der Firma zurückzuziehen. Deutlich mehr Geld! Geld, das ich nicht habe. Jedenfalls nicht im Moment. Und als wäre das nicht schon genug, hat eben auf einmal auch noch Maxwell vor mir gestanden! Er ist also Sams neuer Anwalt und will ihm dabei helfen, mir satte drei Millionen Dollar abzuknöpfen. Das ist heftig.

Kein Wunder, dass ich mich eben recht zügig von Ms. Griffin verabschiedet und sie gebeten habe, dass wir erst heute Nachmittag darüber sprechen, wie wir nun weiter vorgehen sollen. Denn erstens muss ich bis dahin sowieso erst mal in Ruhe das neue Gutachten lesen, das Sam uns auf den Tisch geknallt hat. Und zweitens brauche ich gerade unbedingt erst mal einen Moment ganz für mich, um mich zu berappeln.

Sogar so dringend, dass ich es noch gar nicht aus dem Gebäude geschafft habe, sondern direkt das Damen-WC dieser Etage, in der sich die gegnerische Kanzlei befindet, aufgesucht habe. Hier stehe ich nun vor dem Spiegel und betrachte mich wieder selbst, so wie schon Samstagabend, bevor Mel und ich uns auf den Weg in diesen Nachtclub gemacht haben. Nur kann ich diesmal gar nicht sagen, welcher Mann mich mehr beschäftigt – Sam oder Maxwell?

Nun ...

Beide wühlen mich auf. Aber die Gründe dafür könnten unterschiedlicher nicht sein.

Dass es zwischen Sam und mir nun doch so unschön auseinandergehen muss, macht mir zu schaffen. Der Romantikerin in mir macht es zu schaffen! Wie konnte ich mich nur so in dem Mann, mit dem ich mein Leben geteilt und dem ich alles anvertraut habe, täuschen? Hat er sich verändert? Oder ich? Wir? Sind die Gefühle abgeklungen? Alles zusammen? Ich bin mir nicht sicher. Aber zum ersten Mal in meinem Leben fällt es mir schwer, trotzdem weiter an die große Liebe zu glauben, in die man sich blind stürzen kann. Dabei hat meine romantische Ader immer meine Persönlichkeit ausgemacht. All die Jahre hat mich der unerschütterliche Glaube an die wahre, bedingungslose, unendlich währende Liebe in meiner Kreativität beflügelt und dem Leben in meinen Augen überhaupt erst einen Sinn gegeben.

Aber wie die Dinge sich jetzt entwickelt haben – das muss ich erst mal verdauen.

Und dann wäre da noch Maxwell. Schon bevor er eben überhaupt im Konferenzraum aufgetaucht ist, habe ich im Wartebereich an ihn denken müssen. Dabei hatte ich mir doch geschworen, unsere unangenehme Begegnung hinter mir zu lassen. Seit ich mich allerdings immer besser an unsere gemeinsame Nacht erinnern kann, halten mich die Gedanken an ihn gefangen. Denn: Gutaussehende Männer mag es so einige da draußen geben, aber ... dann auch noch einer, mit dem man sich auf Anhieb blendend versteht und zu dem man sich unfassbar stark hingezogen fühlt? Und der auch noch eine zarte Seite an sich zeigt? Auch wenn ich diese Seite erst einmal nicht richtig wahrgenommen habe, als ich perplex vor ihm in seiner Küche gestanden habe ... So ein Mann ist schon ziemlich selten in der heutigen Zeit, oder? Hm. Wahrscheinlich hatte ich deswegen den Gedanken, die Chance meines Lebens verpasst zu haben.

Aber!

Erstens habe ich momentan gar nicht die Zeit oder den Kopf für eine neue Beziehung, selbst wenn ich der großen, wahren Liebe noch eine Chance geben sollte. Ich leite eine eigene Firma – und zwar in Zukunft, wenn alles klappt, ganz allein! Für einen weltweiten Verkauf! Es gibt Mitarbeiter und Kunden, die sich darauf verlassen, dass ich diese Umstellung hinbekomme. Und nicht zuletzt wünsche ich mir selbst, das zu schaffen.

Zweitens wirkt Maxwell auf mich nicht gerade wie jemand, der seine zarte Seite insofern auslebt, dass er sich an eine einzige Frau bindet. Nein, er ist aus anderen Gründen in diesem Nachtclub gewesen als ich und scheint mir der ewige Junggeselle zu sein. Aus Überzeugung.

Und drittens … ist er nun mal der Anwalt meines Geschäftspartners und Ex-Freundes. In einer Verhandlung gegen mich!

Es spielt also sowieso gar keine Rolle, was ich für Maxwell empfinde und ob die Chance besteht, dass er ähnliche Gefühle für mich hat. Die Sache zwischen uns ist zu verkorkst, um es auch nur auf einen Versuch ankommen zu lassen und ihn darauf anzusprechen. Im Moment, solange die Verhandlung läuft, ginge es sowieso nicht. Denn er ist nun mal Sams gottverdammter Anwalt! Die Tatsache, dass unsere gemeinsame Nacht nicht wie erhofft abgelaufen ist, ist also plötzlich sogar zu unserem *geringsten* Problem geworden.

Also.

Konzentrier dich. Und zwar allein auf deine Firma. Dein Baby. Deine Kerzen. Dein Leben als Künstlerin und Geschäftsführerin. Im Moment muss die Liebe warten. Und diesen Mr. Perfect musst du dir sowieso aus dem Kopf schlagen. Aber das kriegst du hin. Du bist stark. Du schaffst das.

Ein letztes Mal sehe ich in den Spiegel und rede mir in Gedanken gut zu. Im nächsten Augenblick kommt eine Frau, die vermutlich hier in der Kanzlei arbeitet, aufs Damen-WC und lässt mich zusammenzucken. Als sich unsere Blicke treffen, lächle ich und nicke ihr zu. Sie erwidert den wortlosen Gruß und geht an mir vorbei zu den Kabinen. Ich atme durch, dann setze ich mich in Bewegung und verlasse den Vorraum der Toilette.

Zurück im Korridor bleibe ich stehen und brauche einen Moment, um mich zu orientieren. Sofort erwische ich mich bei der Frage, wo Maxwells Büro liegt und wie es aussieht – und ob er gerade dort ist. Es kommt mir vor, als würde mich eine unsichtbare Macht zu ihm ziehen, dabei habe ich gerade nicht nur erneut beschlossen, dass das eine ganz miese Idee wäre, sondern ich weiß eben auch gar nicht, wo ich hinmüsste. Kaum merklich schüttle ich über mich selbst den Kopf und bin enttäuscht von mir, weil ich es keine zehn Sekunden ausgehalten habe, nicht an ihn zu denken. Dass ich nicht weiß, wo sein Büro ist, kommt mir nun wie ein Segen vor, denn so bleibt mir gar nichts anderes übrig, als mich zurück zum Empfangstresen und schließlich zu den Aufzügen zu begeben.

Auf meinem Weg dorthin versuche ich instinktiv einen Blickkontakt zur Empfangsdame aufzubauen, aber sie beachtet mich gar nicht, denn dafür hat sie zu viel zu tun. Ihr Telefon klingelt und vor dem Tresen wartet schon wieder jemand, um sich für einen Termin anzumelden.

Wie auch immer.

Ich wende mich dem linken Fahrstuhl zu und drücke den Knopf. Unter Seufzen warte ich darauf, dass der Lift kommt und mich von hier wegbringt. Nach einigen Augenblicken springt endlich die

Tür auf und ich betrete den Aufzug. In ihm drehe ich mich zur Tür und betätige den Knopf fürs Erdgeschoss. Die Tür schiebt sich zu und …

»Moment, bitte!«, ruft jemand und klemmt auch schon den Arm zwischen die Tür und den Rahmen. Der Ärmel eines hochwertig aussehenden Anzugs ragt in den Fahrstuhl und bewirkt mit seiner Unerschrockenheit, dass die Tür zurückweicht und wieder in den Rahmen verschwindet.

Das darf doch echt nicht wahr sein!, schießt es mir durch den Kopf, als niemand anderer als Maxwell hinter der Tür zum Vorschein kommt und den Aufzug betritt. *Hatten wir nicht gerade ausgemacht, dass es eine schlechte Idee ist, sich auch nur eine Sekunde länger als nötig in seiner Nähe aufzuhalten, wertes Universum?*

Auch Maxwell steht die Überraschung in sein perfektes Gesicht geschrieben.

Das scheint so unser Ding zu sein. Diese unverhofften Begegnungen, die uns beiden zusetzen.

Nein, Quatsch, wir haben natürlich kein Ding!

»Rosa«, verlässt es verblüffend zart seine Lippen, und er muss schlucken, als er sich neben mich stellt.

Das fällt mir deswegen auf, weil mein Blick an ihm haftet, als wäre er ein leckeres Stück Pizza oder so.

Apropos lecker.

So nahe, wie er jetzt neben mir steht, steigt mir unweigerlich sein herbes Aftershave in die Nase und droht meine Fantasie anzuregen.

Ich räuspere mich und zwinge mich dazu, wieder geradeaus zu gucken. »Maxwell.«

»Ich dachte, du wärst schon weg«, sagt er und sieht nun zu mir. Ich muss seinen Blick nicht erst erwidern, um genau zu spüren, wie eindringlich er ist.

Genau jetzt könnte er mich wieder aus dem Konzept bringen. Nicht aufgrund unserer Nacht und auch nicht wegen Sam, sondern einfach mit seiner bloßen Anwesenheit.

Aber das darf nicht sein!

In dem Moment beschließe ich, mich *nicht* erneut seinetwegen zu verkrampfen. In seiner Gegenwart einigermaßen locker zu bleiben, hat mir vorhin im Konferenzraum gut getan. Uns allen. Es darf einfach nicht wieder so zwischen uns werden wie in seiner Küche. Also!

Kurzerhand lehne ich mich zu ihm herüber und greife vor ihn. Ich drücke auf den Knopf, der die Tür, die sich nach Maxwells Eingriff noch nicht wieder von allein herausgetraut hat, endlich schließt. »Welches Stockwerk?«, frage ich und achte auf einen selbstbewussten Tonfall. Zu guter Letzt erlaube ich mir nun doch, seinen Blick, der noch immer an mir klebt, zu erwidern. Und das, obwohl wir uns nun so nahe sind, wie es das letzte Mal kurz vor meiner Flucht in sein Badezimmer der Fall gewesen sein dürfte.

Der Ausdruck in seinen braunen Augen verändert sich. Es wirkt, als würde auch Maxwell sich wieder entspannen. Als würde er, keine

Ahnung, auf meine Nervosität oder eben Nicht-Nervosität reagieren – kann das sein?

»Parkdeck«, entgegnet er schließlich mit seiner tiefen Stimme.

Dankbar darüber, dass er mich nicht hängen lässt, drücke ich auf den Knopf fürs Parkdeck unter dem Erdgeschoss. Ich stelle mich wieder aufrecht neben ihn, und der Aufzug setzt sich in Bewegung.

»Du bist heute anders«, stellt er fest.

Ich sehe weiter geradeaus und nicke. »Tut mir leid wegen Sonntag.«

Sogleich winkt er ab, das kann ich im Augenwinkel sehen. »Muss es nicht.«

»Doch«, widerspreche ich. »Deswegen sage ich ja extra Sonntag, und nicht Samstag. Denn ich spreche gar nicht mehr von meinem Blackout. Aber ich hätte am Morgen danach nicht so eine große Sache daraus machen und mich so verkrampfen müssen. Das wäre gar nicht nötig gewesen und hat es uns beiden nur unnötig schwer gemacht. Diese Erkenntnis habe ich wenigstens eben im Konferenzraum zu beherzigen versucht. Obwohl es natürlich schon eine Überraschung gewesen ist, dich ausgerechnet hier wiederzusehen.«

Meine Offenheit entlockt ihm ein Lachen, dessen Klang es zwischen meinen Lenden kribbeln lässt. »Glaub mir, nicht nur *du* bist eben überrascht gewesen. Aber es freut mich, wenn du es so siehst.« Wieder spüre ich seinen Blick deutlich auf mir. »Egal ob Samstagnacht oder Sonntagmorgen – es war trotzdem schön.«

Als ich ihn das sagen höre, kann ich gar nicht anders und muss sein Lächeln erwidern. Wenigstens kann ich es mir noch verkneifen, ihn wieder anzusehen. So werfe ich meine Vernunft zwar noch nicht direkt über Bord, aber ich schubse sie zumindest mal in Richtung Kante. »Ja, es war schön«, murmle ich.

Hörbar hält er den Atem an. »Du kannst dich wieder erinnern?«

Ups! Jetzt weiß er es.

»Teilweise?«, antworte ich – und weiß selbst nicht, warum ich das als Frage betone.

Noch immer ruht sein einnehmender Blick auf mir, der mich fesselt, obwohl ich eisern weiter nach vorne auf die Tür starre. Mein Mund wird trocken und ich festige den Griff um meine Handtasche.

Meine Güte! Im Moment ist es mir schon fast egal, weswegen ich eigentlich hier bin. Und über die Sache in seinem Badezimmer kann ich gedanklich auch immer mehr lachen. Aber was Maxwells Wirkung auf mich angeht, macht er es mir echt nicht leicht, einen kühlen Kopf zu bewahren.

»Woran genau?«, fragt er sinnlich gegen meine Wange. »Woran kannst du dich inzwischen erinnern?«

»An ...« Meine Hand verbeißt sich regelrecht in der Handtasche, mein Blick in Richtung Tür bleibt erstarrt. »Bruchstücke ...«

Verführerisch lacht er. »Ja, ich fragte dich gerade, welche das wären.«

Nun bin ich diejenige, die schlucken muss. Ich setze ein ernstes Gesicht auf und wende mich ihm zu. »Spielt das eine Rolle?«

Als sich unsere Blicke nun wieder treffen und wir noch immer allein in diesem Fahrstuhl sind, sieht er mir auf den Mund und leckt sich die Unterlippe. »Für mich schon.«

Erschrocken sehe ich wieder nach vorne. »Für mich nicht.«

Oh, das klang jetzt ziemlich forsch von mir!

Tatsächlich sagt er nichts mehr. Dann belässt er es jetzt wohl dabei. Ich habe sowieso keine Ahnung, worauf er eben eigentlich hinauswollte!

Jedenfalls ...

Auf einmal bewegt er sich und drückt auf den Knopf, über dem in feuerroten Buchstaben *Emergency Stop* steht. Abrupt bleibt der Fahrstuhl stehen!

Was ist denn jetzt los?

Sofort schießt mir das Adrenalin durch den Körper und ich muss mich erst sammeln. Mit großen Augen sehe ich Maxwell an und weiche einen Schritt zurück. »Was soll das?«, werfe ich ihm an den Kopf, als ich dazu endlich in der Lage bin.

Tiefbraune Augen blicken in meine Seele und fesseln sie mit ihrer Eindringlichkeit. »Das wollte ich dich auch gerade fragen.«

Seine anhaltende Gelassenheit beunruhigt mich.

»Also, noch mal von vorne«, fährt er fort, als ich still bleibe. »Du erinnerst dich also? An alles Wesentliche?«

Ich zucke mit den Schultern und merke, wie ich rot werde. »Kommt darauf an, was du darunter verstehst.«

Meine roten Wangen scheinen ihm aufzufallen. »Anscheinend dasselbe wie du.«

Wieder weiß ich darauf keine Antwort.

»Sag mir einfach eins«, verlangt er.

Und ich bin ganz Ohr. Eine andere Wahl habe ich sowieso nicht. Klar, ich könnte hier und jetzt auf den Knopf drücken, der den Lift weiterfahren lässt, bevor sich ansonsten bald jemand vom Service meldet und nachfragt, was los ist. Und ich bin mir ziemlich sicher, dass Maxwell mich nicht davon abhalten würde, den Lift wieder in Gang zu setzen. Seine einnehmende Art jedoch hält mich nach wie vor davon ab und zwingt mich, seine Gefangene zu sein, solange er es will.

Warum auch immer er das im Moment will!

»Sag es mir, Rosa«, fordert er, fast schon geknurrt. »Jetzt, wo du dich wieder erinnerst.«

Ja?

»Was hat dir unsere Nacht bedeutet?«

Ratlos sehe ich ihn an. »Was?«

»Du hast mich schon verstanden.«

»Aber ...« Meine Verwirrung multipliziert sich mit sich selbst und ich komme nicht umhin, meine Brauen hochzuziehen. »Warum fragst du mich das jetzt? Ich meine, du bist doch ...«

»Ich bin *was*?«, will er wissen.

»Na ja ...« Automatisch wandert mein Blick über seinen Körper, dessen Perfektion auch unter diesem maßgeschneiderten Anzug klar zur Geltung kommt.

»Ja?«

»Du ...« Wie soll ich das jetzt sagen, ohne dass es blöd rüberkommt? »Du hast doch ständig ...«

»Eine Frau bei mir?«, versucht er meinen Satz zu beenden.

Ich nicke.

Er runzelt die Stirn, und ich kann nicht fassen, wie unverschämt gut er aussieht, ganz egal, was für ein Gesicht er macht. »Was denkst du denn bitte, wie oft ich eine Frau mit nach Hause nehme?«

»Keine Ahnung.« Wieder kann ich nur mit den Schultern zucken. »Oft?«

Maxwell braucht einen Moment, um sich wieder zu regen. »So oft nun auch nicht.«

»Also nur ... ab und zu?«, überlege ich laut, ohne erst darüber nachzudenken, denn dafür bin ich jetzt irgendwie doch zu neugierig.

»Wenn du so willst – ja. Ab und zu.«

Okay ...

Aber wohin dieses Gespräch führen soll, ist mir immer noch nicht klar.

»Du hast mir in diesem Club verdammt gut gefallen, Rosa«, lauten seine nächsten Worte an mich. »Für mich bist du eine ganz besondere Frau und ich fand unsere Nacht wirklich sehr schön.«

Wow, was?

»Und ich möchte einfach, dass du das weißt.«

Sprachlos blicke ich ihn an.

Maxwell zieht einen Mundwinkel hoch. »Wenn du nicht so verkrampft gewesen wärst, hätte ich dir das am Sonntagmorgen gerne gesagt. Also sei es hiermit nachgeholt. Das hat für mich nämlich auch etwas mit Respekt zu tun.«

Wow. Ich … Wow!

Er hat absolut recht!

So etwas in der Art hätten wir zueinander sagen sollen.

Als Abschied natürlich.

Aber dann wäre es eine wirklich schöne Verabschiedung geworden.

Angesichts dieser Erkenntnis bleibt mir gar nichts anderes übrig, als ihn jetzt auf einmal anzustrahlen. »Wow, danke. Mit so etwas habe ich jetzt gar nicht gerechnet, aber das hast du echt schön gesagt.«

Maxwell nickt und schenkt mir sein charmantes Lächeln, bei dem man glatt dahinschmelzen könnte.

»Okay«, gebe ich zu und muss verlegen grinsen. Kurz senke ich den Kopf und klemme mir die Haare hinters Ohr, ehe ich wieder zu ihm aufsehe. »Ich kann mich an alles *Wesentliche* erinnern.«

An jeden einzelnen Kuss. Jedes Kompliment. Jedes gehauchte Wort. Jede Berührung. Jeden Blick. Jedes Lächeln.

»Und …« Wieder grinse ich blöd. »Ich fand es auch sehr schön. Außerdem behaupte ich, dass ich nicht zu jedem x-beliebigen Kerl mit nach Hause gegangen wäre.«

Sexy zieht Maxwell einen Mundwinkel hoch. »Ich erinnere mich.«

»Hm?«, mache ich neugierig.

»Na, der Typ an der Bar«, entgegnet er lässig und lacht.

Als mir klar wird, dass er den etwas jüngeren Fremden meint, der mich küssen wollte, muss auch ich lachen. »Ach so, ja! Nee, mit dem wäre ich ganz sicher nicht zu ihm nach Hause verschwunden!«

»Ich will's hoffen.«

Beide lachen wir herzhaft.

Wieder kehrt Stille ein, doch diesmal fällt es mir überhaupt nicht schwer, Maxwell anzusehen und mit ihm einen Moment des Schweigens und des Lächelns zu genießen.

»Danke«, lasse ich dann verlauten und muss noch immer seinetwegen strahlen. »Das war jetzt richtig schön.«

Er nickt. »Ein schöner Abschluss.«

Ja, stimmt. Genau das ist das hier ja gerade. Eine nachgeholte Verabschiedung. Das, und sonst nichts. Alles andere ergäbe nach wie vor keinen Sinn.

Na ja, unter anderen Umständen vielleicht.

Aber nicht, wenn er Sams Anwalt ist. Und das ist er nun mal.

Das weiß auch er. Andernfalls würde er jetzt nicht auf den Knopf drücken und dem Fahrstuhl erlauben, seinen Weg ins Erdgeschoss endlich fortzusetzen.

Einige Sekunden später kommen wir dort an. Und so kommt der Aufzug wieder zum Stehen, aber diesmal freiwillig. Die Tür geht auf – und ich stelle fest, dass vor uns zwei Männer stehen, die einsteigen wollen. Ich habe also gar keine andere

Wahl und steige aus, während Maxwell gezwungen ist, nach hinten Platz zu machen.

Vor dem Lift drehe ich mich zu ihm um und wir tauschen letzte Blicke aus. Ein letztes Lächeln. Ein letztes Nicken. Dann geht die Tür auch schon wieder zu.

»Bis Mittwoch!«, rufe ich.

Diese Verabschiedung allerdings entlockt ihm wieder ein ernstes Gesicht.

Kein Wunder. Ab sofort sind wir nur noch, na ja, ein Anwalt und die Mandantin der Gegenseite. Das müssen wir nicht erst aussprechen, um sich dessen bewusst zu sein. Wobei, im Grunde hat Maxwell es ausgesprochen, als er soeben die folgenden Worte gebrauchte:

Ein schöner Abschluss.

Zwar sehe ich ihn gleich übermorgen wieder, aber das hat rein berufliche Gründe.

Was wir eben zueinander gesagt haben, hat sich unglaublich toll angefühlt und uns eigentlich noch mal ein ganzes Stück nähergebracht. Aber gleichzeitig hat sich das zwischen uns damit endgültig erledigt. Jetzt, wo wir uns auf bestmögliche Art voneinander privat verabschiedet haben, kann ich hoffentlich damit abschließen. Denn etwas anderes bleibt mir sowieso nicht übrig.

Daran hat selbst unsere Unterhaltung eben nichts geändert, und daran wird sich auch nichts mehr ändern.

9. KAPITEL

ROSA

»Gut«, beginnt meine Anwältin Jodie Griffin, als wir am Mittwochvormittag im Konferenzraum ihrer Kanzlei wieder zu viert zusammensitzen. »Kommen wir zur Sache. Es sei denn, Sie, Mr. Hayes, möchten zunächst eine Anmerkung über unsere Kekse machen.« Sie zwinkert.

Auch ich muss lächeln und sehe zu ihm.

Doch Maxwell bleibt ernst und hebt nur den Finger an. »Fahren Sie fort.«

Ms. Griffin nickt. »Ihr Gutachten haben wir gelesen, Mr. Briggs«, meint sie zu Sam. »Und meine Mandantin möchte ...«, sie macht eine dramatische Pause, die ich für unnötig halte, »auf Ihre Forderung eingehen.«

Schlagartig streckt Sam den Rücken durch, und auch Maxwells Augen werden größer.

»Echt?«, fragt Sam und sieht mich an. »Rosa, ist das wahr?«

Ich nicke nur.

Auch Maxwells Aufmerksamkeit ist mir sicher. »Dann … sind wir uns einig?«, will er wissen. »Wir müssen gar nicht erst darüber diskutieren, dass die Forderung, die mein Mandant stellt, berechtigt ist?«

Zufrieden grinst Ms. Griffin und schließt auch schon die Akte. »Nein. Unsere Mandanten wollen dasselbe und sind rundum zufrieden.«

Na ja, so kann man das jetzt nicht sagen. Rundum zufrieden fühle ich mich nicht! Eher, als hätte man mir die Pistole auf die Brust gesetzt und ich würde mich meinem Schicksal fügen.

Wieder sieht Maxwell zu mir.

Doch ich rege mich kaum und weiß nichts zu sagen. Was gibt es da auch noch zu besprechen? Sam bekommt seine drei Millionen. Ohne weiteren Protest meinerseits. Ohne weitere Verzögerung für uns beide. Ohne dass eine richtige Schlammschlacht nötig ist und am Ende sogar zu einem persönlichen Rosenkrieg ausarten könnte. Diese Entscheidung habe ich gefällt und Ms. Griffin mitgeteilt. Gejubelt habe ich dabei nicht. Aber ich habe sie getroffen. Und Ms. Griffin hat nicht widersprochen. Sie hatte, als ich sie zuvor gefragt hatte, sowieso keine bestimmte Strategie in petto, mit der man hätte zum Gegenschlag ausholen können. Und das möchte ich eben auch gar nicht. Schlagen. Sich bekämpfen. Nein. Die Sache ist geklärt. Nicht zu meiner Zufriedenheit, wie Ms. Griffin es gerade behauptet hat, und doch ist sie geklärt. Punkt.

»Die Liquidität ist sichergestellt?«, lautet Maxwells nächste Frage.

Jodie Griffin nickt. »Ms. Bailyn ist in der Lage, die drei Millionen zu zahlen.«

Ja. Weil ich einen Kredit aufnehme. Der Businessplan von *Line Lights* hat die Bank überzeugt und sie ist bereit, mir so viel Geld zu leihen. Die Bank glaubt also an mich. Das ist gestern, am Dienstag, der letzte offene Aspekt gewesen, um diese Entscheidung zu treffen.

»Das ist ein feiner Zug von dir, Rosa«, ist das Nächste, was Sam zu mir sagt.

Ich presse die Lippen aufeinander und nicke.

Feiner Zug.

Aha.

Als wenn ich eine Wahl hätte, Sam.

Und überhaupt – es ist wirklich unpersönlich zwischen uns geworden.

Nicht zu fassen.

»Dann mache ich den Vertrag fertig«, meint Maxwell und sieht wieder zu mir, als würde er immer noch mit einem Protest meinerseits rechnen – oder ihn sich gar erhoffen, was aber eigentlich keinen Sinn ergeben würde.

Erneut nicke ich nur.

»Wunderbar«, meint Ms. Griffin und steht auf. Zufrieden lächelt sie und atmet durch. Dann widmet sie mir einen freundlichen Blick und einen Händedruck.

Zerknirscht erhebe ich mich und erwidere die Geste.

Wofür bezahle ich diese Anwältin doch gleich? Für ihre bloße Anwesenheit, wie es scheint. Weil eine geschäftliche Einigung nun mal schriftlich und anwaltlich festgehalten werden muss.

Anscheinend hätte ich Anwältin werden sollen.

Nein, Spaß.

So ein Jurastudium ist sicher kein Zuckerschlecken. Und nicht alle erfahrenen Anwälte ruhen sich auf ihren Lorbeeren aus.

Ach, keine Ahnung.

Vielleicht bin ich im Moment einfach nur frustriert und tue Ms. Griffin Unrecht. Was sie als meine Anwältin für die Zukunft angeht, muss ich noch mal in Ruhe in mich gehen.

Jedenfalls werden jetzt weitere Hände geschüttelt. Beide Anwälte geben sich die Hand. Dann Ms. Griffin und Sam. Sam und ich. Maxwell und ich.

Weitere Details werden im Stehen besprochen. Darüber, bis wann ich das Geld aufwenden muss. In zwei Monaten also. Von mir aus. Leihen muss ich mir die Summe sowieso, das weiß Sam ganz genau. Niemand kennt meine finanzielle Lage besser als er. Höchstens ich selbst inzwischen, denn in den letzten Tagen habe ich mich auf meine neue Rolle als kaufmännische Geschäftsführerin vorzubereiten versucht, so gut ich konnte.

Na ja.

Wenigstens kann ich in Zukunft mein eigenes Ding bei *Line Lights* machen.

Zwar mit doppelt so viel Arbeit und Verantwortung, aber dafür auch ohne einen unterkühlten Sam an meiner Seite, der mich bevormunden könnte.

Und wenn mit der Expansion alles klappt wie gewünscht – was das angeht, hat Sam ja wirklich recht –, dann werde ich es mir bald leisten können, nicht nur den Kredit zurückzubezahlen, welchen meine Firma seinetwegen nun extra aufnehmen muss, sondern auch weitere Mitarbeiter einzustellen, die mich entlasten.

Also.

Nach vorne blicken!

All das geht mir durch den Kopf, während die anderen drei jetzt Smalltalk darüber halten, wie schön Chicago doch im Herbst ist. Ich nehme es nur am Rande wahr und will einfach nur noch hier weg.

Nicht zu fassen.

Drei Millionen! So viel bekommt er von mir!

Aber jetzt kann ich es eben tun: Nach vorne blicken.

So viel hat mich diese Freiheit also gekostet.

Sam ist der Erste, der sich endgültig verabschiedet und aus dem Konferenzraum verschwindet. Mit einem breiten Grinsen marschiert er durch den Korridor und macht sich aus dem Staub. Er widmet mir keinen letzten Blick. Anscheinend kann er es gar nicht erwarten, seinen Triumpf zu feiern und seine Millionen auszugeben.

Soll er doch.

Es tut gut, ihn aus meinem Blickfeld verschwinden zu sehen.

Ob mir das allerdings wirklich drei Millionen Euro wert sein sollte ...

Jetzt ist es, wie es ist.

»Wann kann ich mit dem Vertrag rechnen?«, höre ich Ms. Griffin fragen, während ich Sam noch hinterhersehe.

»Anfang nächster Woche«, meint Maxwell.

»In Ordnung«, erwidert sie.

Ich sehe wieder zu den beiden und merke erst da, dass Maxwells Blick seltsamerweise nicht auf Ms. Griffin gerichtet ist, sondern auf mich.

»Dann also Anfang nächster Woche«, fügt Ms. Griffin an und macht ihre Aktentasche zu.

Noch immer hält Maxwell den Blick auf mich gerichtet. »Ich schicke Ihnen den Vertrag zunächst digital zum Gegenlesen zu.« Schon reicht er ihr die Hand, aber nach wie vor kennen seine dunklen Augen nur mich.

»Natürlich.« Sie gibt ihm die Hand.

Dadurch ist Maxwell gezwungen, sich ihr zuzuwenden und sich von ihr zu verabschieden. »Immer wieder eine Freude, Ms. Griffin.«

Sie lacht. »Wir sehen uns nächste Woche zur Unterzeichnung.« Dann schaut sie zu mir.

Instinktiv lächle ich und nicke. Im nächsten Moment setze ich mich in Bewegung. Keine Sekunde später wendet Ms. Griffin sich der Tür zu, um voranzugehen. Als ich jedoch die Tür erreiche, spüre ich Maxwells Hand, die mich am Handgelenk packt und festhält. Erschrocken halte ich den Atem an und suche seine Augen. Sein ernstes Gesicht lässt mich erschaudern, macht mich aber auch neugierig. Ms. Griffin merkt davon nichts und setzt ihren Gang durch den Flur fort. Dann sieht sie eine Anwältin, mit der sie befreundet zu sein scheint, und lässt sich von dieser in deren Büro winken. Und so lasse ich mich von Maxwell ein Stück weit zurück in den Konferenzraum ziehen und sehe ihn mit großen Augen an.

Er lässt mich los, doch sein perfekt gezeichnetes Gesicht bleibt ernst. »Einfach so, hm?«, will er von mir wissen.

Schulterzucken meinerseits. Nicht als Frage, sondern als Antwort.

»Das Geld hast du doch gar nicht.« Auffordernd nickt er. »Woher willst du es nehmen?«

»Ganz einfach. Ich leihe es mir.«

»Du meinst: Du verschuldest dich.«

»Vorübergehend, ja«, erwidere ich. »Als Firma.«

»Wenn du das Geld nicht zurückzahlen kannst, wirst du aufgrund eurer gewählten Unternehmensform und der beträchtlichen Summe auch privat davon betroffen sein.«

»So läuft der Hase nun mal«, fällt mir dazu nur noch ein.

Er schnauft. »Sieht deine Anwältin das auch so?«

Darauf weiß ich nichts zu antworten.

»Verzeih mir die Bemerkung, aber was deinen Fall angeht, scheint Jodie Griffin es sich von Anfang an bequem gemacht zu haben. Ich habe diese Frau schon mit deutlich mehr Feuer erlebt. Vor Gericht, wenn ihr Mandant darauf aus war, richtig in die Vollen zu gehen. Also. Wer von euch beiden hat die Gegenwehr auf Sparflamme gehalten? Du oder sie?«

»Was interessiert es dich?«, schießt es aus mir heraus. »Dein Mandant ist zufrieden. Da solltest du es ja wohl auch sein. Ich nehme es dir nicht übel, das kannst du mir glauben. An all dem trifft dich schließlich keine Schuld und du machst nur deinen Job.«

Seufzend sieht er weg, ehe er mich wieder anblickt. »Aber Ms. Griffin sollte auch ihren machen. Und du ...«

»Was ist mit mir?«, frage ich.

»Drei Millionen, Rosa. Zweieinhalb Millionen mehr, als du geplant hast. Ist es dir denn wirklich so wichtig, Sam als Geschäftspartner loszuwerden? Wenn du dir mehr Zeit einräumst, könntest du weiter mit ihm verhandeln. Du könntest es wenigstens auf einen Versuch ankommen lassen. Aber alles, was zählt, ist, sofort an seine Anteile zu kommen?«

Ich halte seinem Blick stand. »Darum geht es nicht. Jedenfalls nicht nur.« *Und außerdem wendest du dich, wenn du so weiterredest, gegen deinen Mandanten, Maxwell! Wofür? Etwa für mich?*

»Sondern?«, will er wissen.

»Ich möchte nach vorne blicken, ja. Beruflich und privat. Und ich will *Line Lights* so weiterführen, wie ich es mir vorstelle. Aber ...«

»Was?« Mit unruhiger Miene verlagert er sein Gewicht. »Hast du noch Gefühle für ihn?«

»Für Sam?«, wundere ich mich. »Erwecke ich diesen Eindruck auf dich? Denn, na ja …« Mehr sage ich gar nicht mehr.

Er schüttelt den Kopf. »Aber warum tust du ihm dann diesen Gefallen?«

Ich hole Luft.

»Denn nichts anderes tust du, Rosa. Gerade eben hast du allen, die in diesem Raum gewesen sind, einen Gefallen getan. Allen, nur nicht dir selbst.«

»Weil man eben manchmal auch an andere denken muss«, entgegne ich.

Seine Augen werden größer.

Ich atme durch. »Hör zu. Fünf Jahre lang haben Sam und ich das Leben miteinander geteilt. Und in den letzten drei Jahren haben wir auch eine Vision geteilt – und zur Realität werden lassen. Daran ist er maßgeblich beteiligt gewesen. Ganz egal, wie es privat zwischen uns ausgegangen ist: Sam hat viel in diese Firma investiert. Er hat genauso viele Überstunden gemacht wie ich. Und er ist genauso begeistert gewesen, von der Firma und von mir, zumindest eine Zeit lang. Ohne ihn hätte ich diesen Schritt nicht geschafft. Ich hätte mich nicht einmal getraut, darüber nachzudenken. Doch er hat mich immer wieder ermutigt und hat für die Finanzbuchhaltung und in vielen anderen Angelegenheiten einen hervorragenden Job geleistet.«

Mit langsamen Bewegungen nickt Maxwell, als ihm klar wird, worauf ich hinauswill. »Das willst du ihm hoch anrechnen. Auch wenn er das gar nicht mehr richtig zu schätzen weiß.«

»Das ändert nichts für mich. Er hat es verdient. Meine Wertschätzung. Auch jetzt noch. Egal, wie er nun ist. Meine Wertschätzung für die Vergangenheit bleibt. Das ...« Plötzlich muss ich an Maxwells Worte vorgestern im angehaltenen Fahrstuhl denken. »Das hat für mich etwas mit Respekt zu tun.«

Wieder verändert sich seine Mimik.

»Auch mit Respekt mir selbst gegenüber«, fahre ich fort. »Bei drei Millionen werde ich mich jedenfalls nie fragen müssen, ob ich ihn über den Tisch gezogen haben könnte. Ihn, meinen ehemaligen Lebens- und Geschäftspartner, dem ich so viel zu verdanken habe. Das ist eine Form von Freiheit, die ich sehr genießen werde, und zwar für den Rest meines Lebens.«

Maxwell braucht einen Moment, bis er antwortet. »Zugegeben, so habe ich das noch nicht gesehen.«

»Und *ich* muss zugeben, dass ich trotzdem ein wenig frustriert bin«, gestehe ich. »Aber alles in allem stehe ich hinter meiner Entscheidung und habe sie aus den richtigen Gründen getroffen. Davon bin ich überzeugt.«

Wie gebannt sieht er mich an. »Rosa ...« Kaum merklich schüttelt er den Kopf, während es um uns herum lauter wird. »Warum habt ihr euch eigentlich getrennt?«

Ich brauche eine Sekunde, um seine Frage zu verarbeiten.

»Warum ist das mit euch auseinander gegangen?«, hakt er direkt nach.

»Äh …«, mache ich nur, auch deswegen, weil die Geräusche um uns herum immer lauter werden.

Im darauffolgenden Augenblick kommen mehrere Anzugträger in den Konferenzraum und haben hier anscheinend jetzt ein Meeting. Überrascht bleiben sie stehen und sehen Maxwell und mich abwechselnd an.

»Stan!«, begrüßt Maxwell den vordersten Mann souverän und setzt eine gelassene Miene auf. »Was machst du denn schon wieder in Chicago? Ich dachte, Paris hält dich noch ein paar Wochen gefangen.«

Stan lacht und gibt ihm die Hand. »Die Frage ist doch eher, warum du dich ohne Aufsicht hier im feindlichen Territorium herumtreibst. Oder willst du etwa endlich zu unserer Kanzlei wechseln, Maxwell?«

Er lacht. »Ich weiß nicht. Würde ich dann deinen Parkplatz bekommen?«

Ich komme mir plötzlich fehl am Platz vor und schleiche mich aus dem Raum, während weitere Mitarbeiter in den Raum strömen und sich setzen. Ein letzter Blickkontakt mit Maxwell ist mir nicht gegönnt. Ich glaube, er achtet ganz besonders darauf, sich vor den Anwesenden nicht anmerken zu lassen, dass er gerade etwas Privates mit einer Mandantin von Jodie Griffin besprochen hat.

Es war doch etwas Privates, richtig?

Am Ende war es das zweifellos.

Denn wozu sollte es ihn jetzt noch beruflich interessieren, warum Sam und ich uns getrennt haben? Immerhin ist die Verhandlung nun abgeschlossen, und obendrein ist sie zu Sams Gunsten ausgegangen.

Oh Gott, Moment mal!

Wenn die Verhandlung nun durch ist und ich bald die Einigung unterschreibe, heißt das etwa ... dass Maxwell und ich ... uns bald mal treffen könnten, ohne dass es Konsequenzen hätte?

Hm.

Aber wahrscheinlich bleibt er jetzt auch für die Zukunft Sams Anwalt. Dieser scheint mit ihm ja mehr als zufrieden zu sein. Dann wäre das wohl trotzdem komisch. Allein schon auf persönlicher Ebene.

Zähneknirschend verlasse ich den Wolkenkratzer. Als ich im Fahrstuhl bin, krame ich das Handy hervor und schreibe Mel, dass die Einigung zustande gekommen ist.

Keine zehn Sekunden später schreibt sie mir zurück: *Ich finde es immer noch nicht gut, dass du dem Typen so viel Geld überlässt und dich für ihn haushoch verschuldest!*

Es ist ja nur vorübergehend, tippe ich.

Aber nur, wenn alles mit deiner Firma gut läuft.

Hast du daran etwa Zweifel?, will ich wissen und mache ein beleidigtes Emoji.

Sofort schreibt sie wieder: *Natürlich nicht, Süße! Aber wissen kann man es nun mal nicht. Es kann immer etwas Unvorhersehbares passieren oder irgendwie der Wurm drin sein. Wenn du den*

Kredit nicht abbezahlen kannst, gehst du so richtig bankrott. Macht dir das gar keine Angst?

Ich presse die Lippen zusammen. *Danke, dass du mich daran erinnerst.*

Daraufhin schickt Mel mir ein lila Herz. *Sorry! Ich meine es nur gut, das weißt du hoffentlich.*

Natürlich. Auch ich schicke ihr ein Herz, und zwar eins in Rosa.

Tja. Jetzt ist die Sache sowieso gelaufen.

Zwar habe ich noch keinen Vertrag unterschrieben, aber ...

Welche andere Option hätte ich überhaupt, ohne das Gefühl zu haben, Sam nicht den Respekt zu erweisen, den er in meinen Augen nach wie vor verdient hat? Das ist mir wirklich sehr wichtig. Und eine weitere Verzögerung einer Einigung würde ich auch gar nicht verkraften.

So bin ich eben.

Hoffnungslos romantisch.

Willkommen zurück, *Romantikerin in mir.*

Also muss ich da durch und das Risiko eines so hohen Kredits einfach eingehen.

10. KAPITEL

MAXWELL

So etwas Heftiges habe ich echt noch nie erlebt. Niemals zuvor haben sich in meinem Kopf zwei Stimmen dermaßen laut angeschrien. Der eine Teil von mir, taufen wir ihn mal *Vernunft*, hat keinen Zweifel daran, dass ich gerade den größten Fehler meines Lebens begehe. Der andere Teil dagegen ist mindestens genauso entschlossen und ist der Meinung, dass ich das einzig Richtige tue. Wie ich diesen Teil nennen soll, weiß ich noch nicht. Aber er brüllt lauter. Er zwingt mich, das zu tun, was ich gerade tue. Nämlich vor einem kleineren Wolkenkratzer im westlichen Cook County zu parken, auf dessen Beschilderung für die beiden unteren Etagen der Name *Line Lights* steht.

Mit angespannten Muskeln steige ich aus und knöpfe mir das Jackett zu. Die Wagentür fällt zu, ich schließe ab und begebe mich zum Eingang. Die Tür ist schmal, alt und ohne Bewegungssensor, also ziehe ich sie auf und gehe hinein. Das Foyer ist hell und spärlich eingerichtet, im Grunde besteht es nur aus einem Zugang zum Fahrstuhl. Dahinter führt eine weitere Tür zur eigentlichen unteren Etage der Firma.

Keine Frage, diese Ecke von Cook County ist nicht die teuerste, und sicherlich hat *Line Lights* deswegen seinen Sitz hier, weil die Miete nicht so hoch ist wie in den nobleren Gegenden Chicagos. Aber das ist für ein Start-up nur logisch und ich habe nichts anderes erwartet.

Neben der Tür steht noch einmal *Line Lights* in Schreibschrift auf einem weißen Schild geschrieben. Ich ziehe die Tür auf und gelange ins vorderste Großraumbüro. Sofort nimmt mich der Geruch tausender Kerzen ein, die ich gleich darauf auch erblicke. An acht Schreibtischen sitzen Männer und Frauen jeden Alters und fertigen in mühevoller Handarbeit neue sogenannte Buchkerzen an. Pink, Blau, Lila-Gold mit feuerfestem Glitzer – der Fantasie sind anscheinend keine Grenzen gesetzt. Auch die Duftnoten unterscheiden sich offenbar. Und jeder Mitarbeiter hat neben der Kerze, an der er gerade arbeitet, ein bestimmtes Buch stehen, um sich vom Cover des jeweiligen Romans inspirieren zu lassen. Die Stimmung der Angestellten wirkt ausgelassen, und sofort begrüßen mich einige von ihnen freundlich. Im Hintergrund hört man fröhliche Musik. Nur einen Empfangstresen suche ich vergeblich.

»Anscheinend haben wir doch so unser Ding«, ertönt auf einmal eine mir bekannte Stimme, bei deren süßem Klang ich sofort Gänsehaut unter meinem hellgrauen Anzug bekomme.

Sogleich suchen meine Augen ihre Quelle und blicken zu der Wendeltreppe, auf der Rosa gerade aus dem zweiten Stock herunterkommt. Als wäre es längst ein Reflex, zaubert mir schon ihr bloßer Anblick aus der Entfernung ein breites Lächeln ins Gesicht. »Rosa«, ist es mir ein Bedürfnis, ihren Namen zu sagen, und wieder einmal stelle ich fest, wie zart ich das ganz automatisch tue. »Entschuldige, was meintest du gerade?«

»Na ja«, meint sie und kommt in ihrem gelben engen Shirt und der dunkelgrauen Latzhose, die ihr genauso gut steht wie jeder andere Look, den ich schon an ihr sehen durfte, zu mir. »Wieder einmal überraschst du mich mit deiner unverhofften Anwesenheit. Das scheint bei uns zur Gewohnheit zu werden.«

Ich ziehe die Mundwinkel auseinander. »Scheint so.« Ein weiteres Mal mustere ich ihr legeres Outfit.

»Du bist offensichtlich ebenfalls überrascht«, stellt sie amüsiert fest. »Etwa weil ich nicht wie eine gewöhnliche Geschäftsführerin gekleidet bin?«

Mit einem Schmunzeln stoße ich Luft aus. »Als wenn irgendetwas an dir gewöhnlich wäre.«

Keine Ahnung, ob sie gerade verstanden hat, dass ich ihr damit nichts andere als ein

Kompliment gemacht habe, doch im nächsten Moment wirkt sie peinlich berührt und verstummt.

Leicht hebe ich den Kopf an. »Im Ernst. Ich hätte sowieso nicht erwartet, dass hier alle in Anzügen und Businesskleidern herumlaufen.« Wieder sehe ich mich im Großraumbüro um. »Ihr seid ein Start-up, und zwar ein kreatives.«

»Genau«, findet auch sie. »Und als solches haben wir einen Ruf zu verteidigen.«

»Ja.« Ich schmunzle.

Wieder kommt ein Schweigen auf, das ich noch nicht ganz deuten kann.

Rosa zieht ihre rotbraunen Augenbrauen hoch. »Ich nehme an, du bist hier, weil es Neuigkeiten von Sam gibt.«

Ich nicke und atme ein.

»Sag mir jetzt nicht, dass er *noch* mehr Geld haben will!«

»Nein ...«

Dennoch bekommt sie weiter Panik. »Wenn du extra herkommst, statt meine Anwältin anzurufen, muss es aber ernst sein.«

»In der Tat. Es ist ernst. Und dringend. Aber in dieser Angelegenheit kann ich mich unmöglich an Jodie Griffin wenden. Ja, es hat mit Sam zu tun. Nur weiß er gar nicht, dass ich hier bin.«

Ihre runden, smaragdgrünen Augen werden größer. »Okay? Jetzt ... bin ich *wirklich* überrascht.«

Wieder hole ich Luft, um ihr zu sagen, weswegen ich hergekommen bin. Doch dann ziehen die Musik und die anwesenden Mitarbeiter wieder meine Aufmerksamkeit auf sich. »Können wir in dein Büro gehen?«, frage ich.

»Ja, natürlich.« Sie setzt sich in Bewegung und ich folge ihr. »Kaffee? Kekse?«, fragt sie mich im Gehen. »Beides besser als in irgendeiner renommierten Anwaltskanzlei.«

Ich schließe zu ihr auf und muss grinsen. »Danke, nein.«

»Gut, wir haben sowieso keine Kekse mehr da. Die sind für heute alle schon weg.«

Sie führt mich ins nächste Großraumbüro. Dort sitzen ein paar Angestellte vor Computern. Flüchtige Blicke im Vorbeigehen auf ihre Bildschirme verraten mir, dass sie für die Webseite und die Werbung zuständig sind.

»Hey Leute«, meint Rosa gelassen, als wir an ihnen vorbeiziehen. »Sagt alle hallo zu Maxwell.«

»Hey, Maxwell«, ertönt es im Chor.

Ich lache und mache eine Handbewegung zur Begrüßung.

»Er ist Sams Anwalt«, fügt Rosa plötzlich an.

»Buuuuuh!«

»Feind im Anmarsch!«

»Ich komme aber in Frieden«, beteuere ich.

»Invasion!«

»Spioniert der hier, oder was?«

Ich schüttle den Kopf über die Frau, die mir das gerade angetan hat. »Herzlichen Dank.«

Wir bleiben vor dem hintersten Zimmer stehen – Rosas Chefbüro. Sie grinst mich an und drückt die Türklinke runter. »Gern geschehen.« Ohne eine Reaktion von mir abzuwarten, betritt sie ihr Büro und verlässt sich darauf, dass ich ihr weiter getreu folge und die Tür hinter mir zumache.

Genau das tue ich im nächsten Moment natürlich auch.

Wahnsinn, denke ich mir, *zwischen uns wird es echt immer lockerer. Wie bei unseren ersten Stunden in diesem Nachtclub. Nur eben im Hellen, ohne einen Tropfen Alkohol, bei der Arbeit, und das trotz der Tatsache, dass ich Sam Briggs' Anwalt bin. Wenn das nichts zu bedeuten hat, dann verstehe ich die Welt nicht mehr. Folglich ist es genau richtig gewesen herzukommen.*

»Bitte«, meint sie und bietet mir mit einer Geste den Stuhl vor ihrem Schreibtisch an.

Nickend nehme ich das Angebot an, knöpfe mein Jackett auf und nehme Platz. Rosa tut es mir gleich und lässt sich auf ihrem Drehstuhl nieder. Aufmerksam sehe ich mich in ihrem Büro um. Es ist hell und gemütlich eingerichtet. Knallorange trifft auf Knallgelb, allerdings nur in Maßen, in einem eigentlich weißen Büro. Vollkommen anders als in der Kanzlei, in der ich seit ein paar Jahren tätig bin und bald Namenspartner werden will. Dort ist alles besonders teuer eingerichtet und in Braun/Schwarz gehalten. Aber es gefällt mir hier. Die ganze Firma wirkt frisch und authentisch.

»Lässt du alle Kerzen in Handarbeit herstellen?«, frage ich.

»Anfangs ja, aber inzwischen sind die Bestellmengen zu groß.«

Ich nicke. »Das dürfte in Zukunft nicht besser werden, nachdem du ja einen weltweiten Versand planst.«

Sie strahlt. »Oh Gott, wenn ich mir das nur vorstelle, werde ich ganz aufgeregt!«

»So muss das sein«, antworte ich mit dem nächsten Schmunzeln auf meinen Lippen.

»Stell dir nur mal vor ...«, meint sie verträumt. »Eines Tages steht irgendwo in Italien oder so eine Kerze von mir und macht ein Zuhause, in dem gelesen wird, noch gemütlicher.«

»Ein wirklich schöner Gedanke«, finde ich.

»Ja! Total!« Sie hält die Hände vor den Mund. »Oh mein Gott, das kann ja was werden ...«

Ihre Begeisterung bringt mich zum Lachen.

»Aber durch die Fließbandproduktion, die sich übrigens im ersten Stock befindet, sollen meine Kerzen nichts von ihrem authentischen Stil verlieren«, fährt sie fort. »Die Mitarbeiter, die du vorne gesehen hast, entwerfen neue Designs immer noch in Handarbeit und bekommen dafür viel Zeit.«

»Warum produziert ihr im ersten Stock?«, wundere ich mich.

Sie seufzt. »Ja, im Erdgeschoss wäre es praktischer, weil die Kerzen für die Auslieferung sowieso nach unten müssen. Aber wir haben im ersten Stock ein bereits installiertes Fließband übernommen und diese untere Etage hier noch dazubekommen.«

»Verstehe. Vorher haben zwei verschiedene Firmen beide Stockwerke besetzt.«

Rosa nickt. »Hier sind die Mieten verhältnismäßig niedrig, und so hat man hier mit allen möglichen Start-ups ein Kommen und Gehen. Auch *Line Lights* soll in naher Zukunft auf eine größere Fläche umziehen, wenn alles klappt. Der Gedanke an eine Expansion flößt mir zwar immer noch Respekt ein, aber die Vorstellung, mehr Menschen den Zugang zu meinen Kerzen zu ermöglichen, ist einfach zu verlockend. Na jedenfalls: Einmal die Woche besprechen wir neue Entwürfe und gehen die Farb- und Duftmöglichkeiten durch.«

»So ganz allgemein magst du Gelb, oder?«, frage ich, ohne erst darüber nachzudenken.

Sie blickt mich an. »Hm?«

»Du hast ein gelbes Top an. Genau wie am Montag, diese Bluse mit den Rüschen. Und die Farbe, die hier drinnen gleich nach Weiß am meisten vorkommt, ist auch Gelb.«

Lächelnd klemmt sie sich die rotbraunen, schulterlangen Locken hinters Ohr. »Ja, stimmt. Gelb ist meine Lieblingsfarbe.«

»Passt ja auch gut zu deinen Sommersprossen.«

Sprachlos blickt sie mich an.

Das macht mich nervös. »Entschuldige, habe ich etwas Falsches gesagt?«

»Maxwell …« Ihre vollen Lippen werden zu einem schmalen Strich. »Warum bist du hier?«

»Weswegen ich hier bin?« Ich spanne die Muskeln an und werde wieder ernst. »Um dir einen Tipp zu geben. Bezüglich Sam natürlich.«

Rosa lehnt sich im Stuhl zurück. »Einen Tipp für Montag, wenn ich unterzeichnen soll?«

»Ja. Denn – weißt du ... Du musst nicht klein beigeben, um eine baldige Einigung zu erzielen. Ich denke, dass es auch noch einen anderen Weg gibt.«

»Wirklich?«

Inständig sehe ich sie an und lehne mich vor. »Rosa. Sam weiß ganz genau, dass die Firma sofort an Wert verliert, wenn du sie verlässt.«

»Was?«

»Überleg doch mal. Damit kannst du ihn unter Druck setzen. Entweder korrigiert er sofort seine Forderung nach unten, oder *du* ziehst dich aus der Firma zurück und senkst damit auch seine Anteile drastisch in ihrem Wert.«

Sie schüttelt den Kopf. »Ich würde *Line Lights* niemals aufgeben! Und das weiß Sam auch ganz genau. Dafür hänge ich viel zu sehr an der Firma!«

»Du hängst an der Idee«, sage ich. »An dem Konzept. An den Leuten hier. Aber wahrscheinlich nicht an dem Namen als Marke, oder?«

Kurz überlegt sie. »Ja, mag schon sein ...«

»Das ist das Ding, Rosa. Kreative Firmen leben nicht von der Marke, die sie aufbauen, sondern von den Leuten, die dahinterstecken. Wenn bei *Coca-Cola* die Führung wechselt, ist das den allermeisten Kunden herzlich egal. Aber wenn, keine Ahnung, ein Filmstudio eine neue Belegschaft bekommt, verändert sich damit auch zu hundert Prozent das Produkt. Ihr Stil, ihr Image.«

»Auch das mag stimmen. Aber ich könnte *Line Lights* trotzdem niemals verlassen! Ich mag den

Namen. Er war meine Idee. Den gebe ich nicht wieder her. Schon allein deswegen würde ich mich niemals als Geschäftsführerin zurückziehen. Und was würde so eine neue Firmengründung doch alles kosten!«

»Du musst es ja gar nicht tun, du musst es nicht einmal ernsthaft in Betracht ziehen«, versuche ich ihr klarzumachen. »Alles, was du tun musst, ist, Sam davon zu überzeugen, dass es so wäre.«

»Ich soll ... ihn belügen?«

»Du sollst Andeutungen machen. Bluffen. Deine eigenen Forderungen stellen. Druck aufbauen. Nenn es, wie du willst. Aber Sam muss irgendwie vor die Wahl gestellt werden, entweder die fünfhunderttausend Dollar anzunehmen oder zu riskieren, dass seine Anteile kaum einen Cent mehr wert sind.«

»Maxwell ...« Noch immer sind ihre Augen so groß, dass ich mich darin zu verlieren drohe. »Warum erzählt du mir das alles?«

Leicht drücke ich meine Lippen aufeinander.

»Ob ich mich nun auf diesen waghalsigen Vorschlag einlasse und riskiere, dass Sam mir das Leben erst richtig zur Hölle macht, oder nicht – Sam ist und bleibt dein Mandant! Und im Moment versuchst du mir dabei zu helfen, ihm zu schaden. Warum?«

11. KAPITEL

MAXWELL

»Ich will Sam nicht schaden«, sage ich zu Rosa. »Ich will *dir* helfen.«

»Leider kommt das in dem Fall auf dasselbe hinaus«, entgegnet sie.

Entschlossenheit prägt meine Stimme. »Das weiß ich. Und mein Gefühl, welches wiederum auf meinen Erfahrungen beruht, sagt mir, dass du damit gute Chancen hast. Sonst wäre ich nicht hier.«

Stille.

»Und wenn du mich nach dem eigentlichen *Warum* fragst …«, fahre ich fort und sehe kurz nach draußen. »Sagen wir einfach …«, ich wende mich wieder ihr zu, »es hat für mich etwas mit Respekt zu tun. Auch mir selbst gegenüber. Und wenn das jemand verstehen kann, dann, so habe ich gehofft, du.«

Verständnis funkelt in ihren Augen auf. Verständnis und Hoffnung. Aber auch Verunsicherung. Und ist da vielleicht noch mehr, was in ihren grünen Seelenfenstern geschrieben steht?

»Du findest Sams Forderung unfair?«, fragt sie. »Ist es das?«

»Ja.«

Und ich habe, verdammt noch mal, tiefe Gefühle für dich, Rosa. Ehrlich gesagt ist das inzwischen sogar zu meinem Beweggrund Nummer eins geworden. Und zwar spätestens heute.

Aber auf das Thema werde ich ein anderes Mal zu sprechen kommen. Erst wenn die Einigung tatsächlich unterschrieben ist. Von euch beiden. Dann werde ich, was dich und mich betrifft, keine Zurückhaltung mehr kennen und dich darüber aufklären, wie wenig ich noch daran interessiert bin, ein Leben als Junggeselle zu führen.

So ist das nun mal, wenn man die Eine trifft. Dann steht die Welt eines Mannes innerhalb kurzer Zeit Kopf. Das merke ich doch schon allein daran, dass ich jetzt hier bin und solche Dinge zu dir sage. Dass ich dir zu helfen versuche, und zwar vollkommen entgegen meiner beruflichen Verpflichtung, die ich gegenüber Sam Briggs eingegangen bin. Diesem Vollidioten von einem Mann.

»Verstehe«, verlässt es zart ihre Lippen.

Nein, Rosa, ich glaube nicht, dass sich dir schon komplett erschlossen hat, worum es mir geht, wenn ich hier vor dir sitze und mich angreifbarer mache, als ich es je zuvor in meiner Karriere zugelassen habe. Aber für den Moment ist es in Ordnung, wenn du meine Gefühle für dich nicht erahnen kannst. Alles zu seiner Zeit.

»Dann … danke«, fügt sie an. »Ich werde darüber nachdenken.«

Verhalten nicke ich.

»Du sollst wissen, dass ich deine Unterstützung zu schätzen weiß«, sagt sie dann.

Schon allein davon bekomme ich erneut ihretwegen Gänsehaut.

»Aber gleichzeitig fühle ich mich unwohl, wenn ich nur daran denke, Sam etwas vorzuspielen, um ihn um sein Geld zu betrügen …«

»Rosa«, sage ich eindringlich.

»Ja, ich weiß, was du jetzt sagen willst. *Er* betrügt mich, und nicht andersherum.«

»Niemand betrügt hier irgendjemanden. Keiner von euch erlaubt sich etwas Illegales. Auch nicht du, wenn du ihm androhen solltest, die Firma zu verlassen. Damit lotest du lediglich deine Möglichkeiten aus.«

Zurückhaltend lächelt sie. »So nennt man das bei euch Juristen also?«

»Allerdings, ja. Mit so etwas habe ich ständig zu tun. Und glaub mir, dein Bluff ist da noch harmlos.«

»Ich habe noch nicht entschieden, wirklich vor Sam zu bluffen«, stellt sie klar.

»Schon kapiert. Denk in Ruhe darüber nach, solange du noch nichts unterschrieben hast. Die mündliche Zusage, die du gegeben hast, würde vor keinem Gericht standhalten. Nicht in diesem

Zusammenhang und wenn wir von einer solchen Summe sprechen.«

Sie nickt. »Du bist der Experte.«

»Noch mal«, bestehe ich darauf. »Du musst keine Hemmungen davor haben, diesen Versuch zu unternehmen, um die Summe nach unten zu drücken. Spiel Sam ruhig vor, ernsthaft die Firma verlassen zu wollen, sollte er dich zu einem Kredit zwingen. Mach ihm klar, dass du deine Ideen und Patente, die auf deinen Namen laufen, einfach mitnimmst und *Line Lights* ausbluten lässt, um irgendwo anders neu anzufangen.« Wieder lehne ich mich vor. »Glaub mir. Damit spielst du nicht unfairer als er, wenn er dich auf einen Firmenwert festnageln will, der aktuell nicht vorliegt und von dem keiner zu hundertprozentiger Sicherheit sagen kann, ob er eines Tages eintreten wird.«

»Na ja …«, meint sie.

Ich nicke. »Ich weiß. Auch du baust darauf, dass *Line Lights* im Wert weiter steigen wird. Aber darum geht es gar nicht. Es geht um den aktuellen Stand.«

»Sams Gutachten ist nur eine Prognose, ja, aber leider eine naheliegende.«

»Ich will ehrlich sein: Wie euer Fall vor Gericht ausgehen würde, kann ich dir nicht sagen. Das hängt auch immer mit davon ab, an welchen Richter man gerät. Ich kann dir nur dazu raten, es gar nicht erst zu einer Gerichtsverhandlung kommen zu lassen.«

»Aber genau das riskiere ich doch, wenn ich Sam jetzt provoziere«, gibt sie zu bedenken.

Ich lehne mich wieder zurück. »Lass es einfach auf einen Versuch ankommen und schau, wie er reagiert. Notfalls kannst du dann immer noch zurückrudern und ihm meinetwegen in den Arsch kriechen. Wäre das dann etwa *nicht* vorgespielt?« Ich zwinkere.

Endlich kann sie wieder lachen, und ihr Lachen elektrisiert mich regelrecht und steckt mich an.

»Es ist Teil meines Jobs, Menschen zu lesen, Rosa«, fahre ich dann wieder ernst fort. »Natürlich kann ich dir keine Garantie geben, aber ... wie gesagt, ich glaube, dass du mit dieser Taktik wirklich gute Chancen hast. Und eins darfst du bei all deinem Respekt für Sam nicht vergessen: Du hast hier eine Firma zu leiten. Eine Firma voller Mitarbeiter, die sich auf dich verlassen und die darauf vertrauen, auch in ein paar Monaten noch ihr Gehalt von einem zahlungsfähigen Unternehmen zu bekommen, von einer Geschäftsführerin, die sich nicht verkalkuliert hat oder hat ausnehmen lassen.«

»Hm«, macht sie und klingt dabei sinnlicher, als ihr bewusst sein dürfte. Fast schon ... wie neulich, in meinem Schlafzimmer und zuvor im Taxi, wann immer meine Lippen auf ihren gelandet sind. »Warum musst *du* mir all das eigentlich sagen und dich damit in eine missliche Lage bringen?« Sie schüttelt den Kopf. »Warum macht meine Anwältin sich nicht solche Gedanken und teilt sie mir mit?«

»Ms. Griffin hat einiges drauf«, lasse ich weiterhin absolute Ehrlichkeit walten, weil ich Rosa gegenüber schon längst nicht mehr anders kann. »Vielleicht hast du ihr einfach nur zu deutlich vermittelt, dass du mit Sam unbedingt im Guten auseinandergehen willst.«

»Das habe ich ja auch wirklich so gemeint, als ich das zu ihr gesagt habe. Nur ...« Sie verzieht ihren süßen Mund, von dem ich nicht vergessen habe, wie unglaublich gut er schmeckt. »Trotzdem müsste sie sich eigentlich mehr ins Zeug legen und Initiative zeigen. Sie ist ja schon etwas älter. Vielleicht macht sie diesen Job inzwischen einfach schon zu lange.«

»Und hat in letzter Zeit den Biss verloren, meinst du?«, überlege ich. »Keine Ahnung. Darüber möchte ich mir kein Urteil anmaßen. Möglich wäre es.«

»Nur zu schade ...«, Rosa schenkt mir ihr bezauberndes Lächeln, »dass *du* nicht mein Anwalt bist.«

Ihr Kompliment lässt mir gar nichts anderes übrig, als ihr Lächeln zu erwidern. »Dann dürfte ich dich ganz offiziell und rund um die Uhr beraten.«

Sie lacht. »Genau!«

»Jedenfalls: Wenn du den Bluff tatsächlich wagen solltest und dich später mal irgendjemand darauf ansprechen sollte«, fahre ich fort, »dann ist dir diese Idee natürlich ganz von allein gekommen.«

Ein weiteres Mal lässt sie mich ihr Lächeln sehen und macht es mir verdammt schwer, nicht aufzuspringen und diesen süßen Mund mit Küssen zu übersäen. »Okay. Mal sehen. Und ... danke.«

Keine Ursache, entgegne ich allein mit einem Kopfnicken. Denn meine nächsten Worte an sie sollen wichtigeren Dingen gelten. »Rosa …«

»Hm?«

Fuck, ich kann nicht anders. Ich muss sie das jetzt einfach noch mal fragen. »Warum habt ihr euch getrennt? Du und Sam.«

Da wird ihr Blick schwermütig und sie sieht einen Augenblick lang an mir vorbei. »Ich schätze, man sagt dazu: Wir haben uns auseinandergelebt.«

»Was für eine nichtssagende Redewendung.«

Mit ihrer Mimik stimmt sie mir zu. »Das schon, aber … was soll ich sonst dazu sagen?« Sie zuckt mit ihren zarten Schultern. »Mel würde dazu jetzt sagen, dass Sam ein Idiot ist, aber …« Sie setzt ab und überlegt.

»Mel, deine Freundin aus dem Club?«

Sie lächelt. »Ja. Wir sind seit der High-School beste Freundinnen.« Wieder blickt sie kurz an mir vorbei, um in sich hineinzuschauen. »Schon komisch. Freundschaft kann für immer halten. Kann die Liebe es auch?«

»Es gibt genügend Beispiele, die das beweisen.«

Ihr Lächeln verwandelt sich in ein Lachen. »Jetzt sag nicht, dass ausgerechnet *du* mir die ewige Liebe verkaufen willst!«

»Wieso nicht?« Abermals lache ich mit. »Weil ich ein Mann bin? Oder ein Anwalt, der auch mal mit Scheidungen zu tun hat? Oder ein Junggeselle?«

»Ja.« Noch immer lacht sie. »All das.«

Ich knirsche mit den Zähnen. »Zugegeben. Die Beweislage spricht gegen mich.«

»Dann sind Sie also schuldig im Sinne der Anklage, Mr. Hayes«, scherzt sie weiter.

»Was genau wird mir denn vorgeworfen, Ms. Bailyn?«

»Ähm …« Als ihr nichts einfällt, muss sie über sich selbst lachen. »Keine Ahnung! Aber hiermit verurteile ich Sie zu irgendetwas!« Sie nimmt einen gelben Kugelschreiber in die Hand und knallt ihn auf den Tisch, als wäre er ein Hammer.

Amüsiert schmunzle ich und reibe mir den gestutzten, dunkelblonden Bart. »Du weißt aber schon, dass Richter ihren Hammer bei Weitem nicht so oft schwingen, wie sie es im Fernsehen machen?«

»Herrgott, Maxwell!« Rosa wird rot vor Lachen. »Das braucht man einfach für den dramatischen Moment, und den hast du mir jetzt versaut!«

»Verzeihung«, gebe ich grinsend von mir. »Wie kann ich das wiedergutmachen? Und wozu werde ich nun eigentlich verurteilt?«

Unter weiterem Lachen winkt sie ab. »Ich überleg mir noch etwas.«

»Das heißt, wir sehen uns wieder?«

»Dazu kommt es ja anscheinend sowieso ständig«, kontert sie.

Ich grinse mit mir selbst um die Wette vor lauter Glücksgefühlen.

Scheiße, weswegen bin ich noch mal hier?

Im Moment könnte sich diese ausgelassene Unterhaltung auch wunderbar in meinem Bett abspielen. Mit Rosa in meinen Armen.

»Wie auch immer …«, meint sie dann und lässt ihr Lachen verstummen. »Ich kann es nicht so gut in Worte fassen, was zwischen Sam und mir passiert ist.«

»Glaubst du, es hat euch nicht gutgetan, zusammen zu arbeiten?«

»Wer weiß«, erwidert sie. »Bei einigen Paaren geht es Jahrzehnte lang gut, wenn sie zusammen eine Firma leiten oder denselben Beruf haben. Und bei anderen geht es Jahrzehnte lang gut, wenn sie eben nicht beruflich miteinander zu tun haben. So oder so haben Sam und ich nicht einmal ein Jahrzehnt zusammen ausgehalten.«

Ich nicke. »Mrs. Hill hat mir erzählt, dass ihr euch einvernehmlich getrennt habt.«

»Ja. Ich habe es als Erste angesprochen. Aber Sam war auch sofort dafür. Und darauf bin ich ja nur gekommen, weil wir uns die Monate davor irgendwie nicht mehr als Partner verhalten haben. Nur noch als Geschäftspartner eben, die zufällig zusammen wohnen. Aber ob es deswegen auseinander gegangen ist? Ich weiß nicht. Vielleicht hatte es mit *Line Lights* gar nichts zu tun. Nein, es ist wohl einfach nicht die große, bedingungslose, unendliche Liebe gewesen. Möglich, dass *sein* Feuer zuerst erloschen ist. Was mich und was die Kerzen betrifft. Und dass ich dann darauf reagiert habe. Aber vielleicht tue ich ihm mit diesem Eindruck auch unrecht. Ich weiß es nicht, und es macht jetzt auch keinen Unterschied mehr.« Verlegen lacht sie. »Tut mir leid, ich texte dich zu.«

»Nein, bitte. Ich habe dich ja danach gefragt.«

»Und das war meine Antwort. Mit allem, was mir dazu einfällt. Denn irgendwie … habe ich inzwischen einfach das Gefühl, ich könnte dir alles sagen, Maxwell.«

Nun bin ich derjenige, dem es die Sprache verschlägt.

Verdammt, Rosa, was tust du mir gerade an?

Wenn du mich so ansiehst und dann auch noch so etwas zu mir sagst, dann weiß ich echt nicht mehr, wo mir der Kopf steht.

Aber …

Soll ich ihr doch schon jetzt sagen, was ich für sie empfinde?

Nein. Das muss für heute reichen.

Ich darf meinen Verstand nicht vollkommen abschalten und sie jetzt auch noch mit einem solchen Geständnis, wie ich es vorhabe, überrollen. Sonst kann sie sich am Ende überhaupt nicht mehr auf die Einigung mit Sam konzentrieren. Entweder weil sie meine Gefühle erwidert oder weil sie es eben nicht tut.

Mann, wie gerne würde ich es wissen! Was würde ich nicht alles geben, um hier und jetzt zu erfahren, wo ich bei ihr stehe.

Aber es geht nicht.

Noch nicht.

Nach der Verhandlung. Die paar Tage muss ich mich noch gedulden. Um der Einigung willen.

»Zwei Dinge«, sage ich und erhebe mich vom Stuhl. »Erstens: Nur weil man die große Liebe noch nicht erfahren hat, heißt es nicht, dass es sie nicht gibt. Das ist ja wohl einfachstes Beweismittel-Einmaleins.«

Diese Aussage belohnt sie mit einem süßen Gesichtsausdruck und steht ebenfalls auf. »Und zweitens?«

»Ich verstehe, dass du Sam für das, was zwischen euch gewesen ist, Respekt zollen willst und mit gutem Gewissen aus eurer Verhandlung gehen möchtest. Dein Gewissen scheint generell ziemlich ausgeprägt zu sein, und das schätze ich sehr an dir, Rosa. Aber Sam spielt unfair. Darauf kannst du ruhig mal reagieren. Denn neben der Verantwortung gegenüber den Mitarbeitern und Kunden darfst du auch nicht vergessen, an dich selbst zu denken.« Ich intensiviere meinen Blick in ihre strahlend grünen Augen. »Du befürchtest, dir ewig Vorwürfe machen zu müssen, wenn Sam nicht das bekommt, was ihm zusteht. Wie gesagt, das verstehe ich. Nur ... sich ewig fragen zu müssen, ob man selbst über den Tisch gezogen wurde, kann einen ebenso lange quälen.«

»Danke, Maxwell. Ich werde darüber nachdenken. Versprochen.«

Sie begleitet mich zur Tür, doch bevor ich ihr erlaube, sie aufzumachen, überwinde ich plötzlich die letzten Zentimeter zwischen uns und gebe ihr einen Kuss auf die Wange.

So viel also zu meinem Vorhaben, meinen Verstand nicht völlig auszublenden.

Anschließend den Abstand zwischen uns wieder zu vergrößern, bevor mein Verhalten definitiv auffällig werden würde, kostet mich unfassbar viel Disziplin.

Zum Schluss wechseln wir ein paar unverfängliche Worte des Abschieds, und ich lasse Rosa wissen, dass ich allein hinausfinde.

Vollkommen benebelt von meinen Gefühlen schreite ich wieder durch den Großraum, in dem sogleich ein Mitarbeiter wieder den Scherz von vorhin aufnimmt und mich grinsend ausbuht. Ich nehme es nur am Rande wahr und setze meinen Weg fort, denn ich habe ganz andere Sorgen.

Denn wo zum Teufel bekomme ich auf der Stelle einen Swimmingpool voller Eiswasser her, in den ich springen kann, um mich abzukühlen?

12. KAPITEL

MAXWELL

Es ist der nächste Montagvormittag, und als ich wieder in meinem Büro bin und durchatmen kann, muss ich grinsen.

Es ist also wirklich passiert. Gerade eben hat Rosa Sam unter Druck gesetzt. Und der Plan ist aufgegangen. Er ist eingeknickt und gibt sich nun doch wieder mit fünfhunderttausend Dollar zufrieden.

Hervorragend.

Das sieht allerdings nicht jeder so, der an dem Meeting beteiligt gewesen ist. Schon kann ich sehen, wie Sam Briggs mit grimmiger Miene auf mein Büro zugestürmt kommt und die gläserne Tür aufstößt.

»Waren Sie das?«, knurrt er mich zähnefletschend an.

Ich bleibe die Ruhe selbst und lasse mir nichts anmerken. »Was meinen Sie?«

»Sie wissen ganz genau, was ich meine!«

Mit einer Handbewegung bitte ich ihn, die Tür zuzumachen, ehe wir weiter darüber sprechen. Das hält er dann doch für eine kluge Idee und folgt meiner Aufforderung. Anschließend steckt er die Hände in die Hosentaschen und tigert unruhig auf und ab. »Nicht zu fassen, dass ich mich gerade darauf eingelassen habe, doch nur fünfhunderttausend Dollar ausgezahlt zu bekommen!«

»*Nur*«, wiederhole ich skeptisch. »Es mag Menschen geben, die das für viel Geld halten.«

Von seinem eigentlichen Gehalt, das er in den letzten drei Jahren von *Line Lights* bekommen hat, ganz zu schweigen.

Sam schnauft. »Ich wette, dass selbst auf Ihrem Konto mehr Geld liegt, Mr. Hayes.«

»Was hat das mit dem Fall zu tun?«, will ich mit ebenso strenger Stimme wissen.

Schon wieder ein Schnaufen, aber diesmal bleibt er endlich mal stehen. »Glauben Sie, sie hat geblufft? Eben, da hat Rosa mir tief in die Augen gesehen und entschlossen behauptet, dass sie es absolut ernst meint. Da habe ich Panik bekommen und bin zurückgerudert! Aber .... Hat sie vielleicht doch nur so getan, als wäre es ihr ernst damit, die Firma zu verlassen, wenn ich weiterhin auf eine höhere Summe bestehen würde?«

»Keine Ahnung.« Ich zucke mit den Schultern. »Wie sagten Sie doch? Sie kennen Rosa Bailyn besser als ich.«

Und was spielt das jetzt noch für eine Rolle, ob ihm nun doch noch Zweifel kommen? Er hat gerade vor zwei anwaltlichen Zeugen unterschrieben!

Erneut macht Sam abfällige Geräusche. Kopfschüttelnd setzt er sich wieder in Bewegung, als wollte er eine Kuhle in mein Büro laufen. »Diese Frau …«

Dazu verkneife ich mir jede Bemerkung, auch wenn es mir alles andere als leicht fällt.

»Zurück zu meiner Frage«, verlangt er. »Eben hat Rosa mir also mit genau der einen Sache Druck gemacht, über die ich mit Ihnen gesprochen habe, Mr. Hayes. Und zwar *nur* mit Ihnen. Das wirft durchaus die Frage auf, wie sie plötzlich auf diese Idee gekommen ist.«

»Was wollen Sie damit andeuten?«, frage ich und halte seinem eindringlichen Blick stand.

Er bleibt still und scheint meinen Gesichtsausdruck deuten zu wollen.

»Haben Sie mal daran gedacht, dass Rosa Bailyn diesen Tipp übers Wochenende von ihrer Anwältin, Jodie Griffin, bekommen haben könnte?«, fahre ich mit meinen Gegenfragen fort und achte auf einen strengen Tonfall. »Sie sollten aufpassen, welche Vorwürfe Sie hier gegen mich in den Raum stellen, Mr. Briggs. Denn wenn ich mich mit einer Sache auskenne, dann damit, wann es mein gutes Recht ist, eine Klage gegen Sie wegen Verleumdung einzureichen.«

Sichtbar muss er schlucken und starrt mich weiterhin stumm an.

Tja. Nicht nur Rosa blufft heute, sondern auch ich.

Soeben habe ich meinem Mandanten eiskalt ins Gesicht gelogen. Fast schon so eiskalt, wie Sam Rosa in den letzten Tagen behandelt hat. Denn wo ist *sein* Sinn für Respekt geblieben?

Genau das macht es mir gerade so leicht, meinen eigenen Mandanten in die Pfanne zu hauen. Aber der entscheidende Grund dafür, dass ich so etwas zum ersten Mal in meiner Karriere wage, sind und bleiben dann doch meine Gefühle für Rosa.

Sam hat ja nicht einmal gemerkt, dass ich ihn eben im Konferenzraum beeinflusst habe. Bewusst habe ich vorhin Nachfragen an Rosa gestellt, anhand derer sie ihre Forderungen noch mal schärfer zum Ausdruck bringen und deutlicher begründen konnte. Nach außen hin dürfte es so gewirkt haben, als wollte ich damit klare Verhältnisse schaffen, damit Sam sich seine neue Entscheidung genau überlegen kann. In Wahrheit habe ich damit allerdings Rosa weiter in die Karten gespielt und Sams Gedankengänge manipuliert.

Und Jodie Griffin? Die hat einfach nur unproduktiv dagesessen und blöd gegrinst, weil es für ihre Mandantin ja sowieso schon gut lief. Zwischendurch hat sie auf ihr Handy gesehen, als würde sie noch zu einem anderen Termin wollen. Was für ein Trauerspiel.

Aber vermutlich würde diese Anwältin dasselbe über mich sagen, wenn sie denn mal mitbekommen würde, was sich gerade in der Verhandlung wirklich abgespielt hat.

»Fünfhunderttausend Dollar sind eine Menge Geld«, merke ich an, als er immer noch still bleibt. »Sehen Sie es doch mal so: Jetzt sind Sie frei. Beruflich wie privat. Haben Sie nicht genau das gewollt? Hat nicht Rosa Bailyn das für Sie beide gewollt? Und haben Sie, Mr. Briggs, nicht aus diesem Grund gerade eine Einigung möglich gemacht? Damit Sie beide endlich nach vorne blicken können?«

»Na ja, doch, in gewisser Weise schon ...«, gibt er nachdenklich von sich. »Stimmt, ja ... *ich* habe eben nachgegeben und die Einigung ermöglicht. Das bin *ich* gewesen.«

Ich nicke. »Sie sind ein Macher, Mr. Briggs. Ich habe keinen Zweifel daran, dass es nicht lange dauert, bis Sie die nächste Firma aus dem Boden gestemmt haben werden. Allein. Mit fünfhunderttausend Dollar ist das wunderbar möglich, wenn man es richtig anstellt.«

»Es ist eine Herausforderung, aber machbar«, murmelt er.

»Der amerikanische Traum ist für Sie immer noch zum Greifen nah.«

Er seufzt. Mehrere Sekunden lang sieht er mich noch an, dann verändert sich seine Mimik endlich und er wirkt zuversichtlicher. »Sie haben recht. Es ist Zeit, nach vorne zu blicken. Das werde ich jetzt tun.«

Erleichtert nicke ich erneut.

»Haben Sie vielen Dank, Mr. Hayes. Gerne würde ich Sie als Anwalt für meine nächste unternehmerische Tätigkeit behalten.«

Sogleich winke ich ab. »Das würde Betty Hill mir niemals verzeihen.«

Sam lacht. »Okay, dann werde ich mich bei ihr melden, sobald sie wieder im Büro ist. Es dauert sowieso einige Zeit, bis ich einen neuen Businessplan fertig habe.«

»Lassen Sie mich raten: Mit Kerzen wird dieser Plan nichts zu tun haben.«

»Eher weniger«, bestätigt er trocken.

Umso besser. Dieser Vollidiot soll Rosa ein für alle Mal in Ruhe lassen. In jeder Hinsicht.

»Also«, leitet er unsere Verabschiedung ein und gibt mir die Hand.

»Alles Gute«, behaupte ich und lasse mich auf einen flüchtigen Händedruck ein.

»Ich erwarte Ihre Rechnung, Mr. Hayes.«

»Oh, bitte. Klären Sie auch das mit Mrs. Hill. Wir werden das intern dann schon regeln.«

Denn dann kann ich vor Betty behaupten, dass ich nichts weiter für die Einigung tun musste und sie ruhig das volle Honorar einsacken darf. Ich will nämlich keinen einzigen Cent von seinem Geld haben. Als sein Anwalt hätte ich das auch gar nicht verdient. Was aber nicht heißt, dass ich es inzwischen bereue, Rosa den Tipp gegeben zu haben. Das tue ich nämlich nicht im Geringsten.

Ich begebe mich zur Tür und mache sie auf, damit Sam auch aus *meinem* Leben verschwindet. Nach ein paar letzten Worten zur Verabschiedung darf ich ihm endlich dabei zusehen, wie er zum letzten Mal mein Büro verlässt, und genieße jede Sekunde davon immens.

Sofort, als er aus meinem Blickfeld verschwunden ist, sehe ich auf die Uhr auf meinem Handy.

Gut. Bis zu meinem nächsten Termin habe ich noch eine volle Stunde Zeit.

Das passt mir wunderbar in den Kram.

Denn jetzt, wo die Einigung zustande gekommen ist und Sam endlich unsere Büros verlässt, zählt nur noch ein einziger Gedanke für mich.

Ich muss zu Rosa, um ihr etwas ganz Bestimmtes zu sagen.

Jetzt.

13. KAPITEL

ROSA

»Cheers!«, sage ich und stoße mit meinen Mitarbeitern an.

»Prost!«

»Juhu!«

»Auf die Zukunft!«

Jeder nippt an seinem Sekt.

»Aber nicht zu viel Alkohol«, scherze ich. »Heute wird noch gearbeitet.«

Außerdem kann ich das mit dem *zu viel Alkohol* wirklich niemandem empfehlen …

»Pah!«, macht Patrick. »Kaum ist Sam weg, schon geht die Terrorherrschaft los.« Er zwinkert.

Ich lache. »So sieht's aus. Jetzt wisst ihr Bescheid.«

Teresa winkt ab. »Nee! Ich bin froh, dass der Kerl weg ist.«

»Ich dachte, du kamst gut mit ihm klar?«, wundere ich mich.

»Das musste ich, er war schließlich mein Chef. Also, einer meiner beiden Chefs.«

Verhalten nicke ich. »Sam hat viel für *Line Lights* getan. Das werde ich ihm nie vergessen. Auf Sam! Okay?« Demonstrativ sehe ich in die Runde.

Glücklicherweise lassen sich alle darauf ein.

»Auf Sam!«

»Cheers!«

Wieder nippe ich an meinem Sekt, da bleibt er mir kurz im Hals stecken und ich spucke ihn fast wieder aus vor lauter Überraschung! Denn als ich gerade in Richtung Tür schaue, betritt niemand anderes als Maxwell das Großraumbüro. Mit einem charmanten Lächeln auf den Lippen, das nur mir zu gelten scheint, kommt er näher. Aber was macht er erneut hier?

»Hey, ist das nicht der Feind?«, ruft Patrick, als er Maxwell bemerkt.

Dieser verzieht seinen verführerischen Mund.

»Nein«, stelle ich unter Lachen klar. »*Er* ganz sicher nicht.« *Aber mehr sollte ich dazu besser nicht vor den anderen sagen.* »Was machst du denn hier?«, frage ich ihn, als er schließlich vor mir steht. »Ich hoffe, es ist keine Hiobsbotschaft, die dich herführt.«

Er schüttelt den Kopf. »Ich will doch hoffen, dass sie das nicht ist.«

»Geht es um Sam?«

Seine braunen Augen werden schmaler, ohne dass der Ausdruck in seinem perfekt gezeichneten Gesicht an Wärme verliert. »Diesmal nicht.«

Oh. Sondern?

»Können wir reden?«

Verunsichert sehe ich mich um. »Ja, natürlich.« Auch mir ist es schließlich lieber, wenn wir irgendwo ungestört reden, bevor jemand von meinen Angestellten wilde Theorien über uns aufstellt – falls sie das insgeheim nicht sowieso längst getan haben. »Gehen wir ein Stück?«

»Gerne«, erwidert er und deutet in Richtung Ausgang, um mir den Vortritt zu lassen.

Und so gehen wir nach draußen, und auf dem Weg dorthin frage ich mich mehr als einmal, was er mit mir besprechen will. Mit gemütlichen Schritten schlendern wir die Straße entlang.

»Bevor wir jetzt irgendeinen Smalltalk über die Verhandlung halten, lass mich bitte gleich zur Sache kommen«, fängt er an.

»Okay. Klar.« Ich sterbe sowieso vor Neugier!

Maxwell atmet durch und wirkt so nervös, wie ich ihn noch nie erlebt habe. »Hör zu, Rosa, ich bin in der Vergangenheit nicht ganz ehrlich zu dir gewesen.«

Beunruhigt bleibe ich stehen. »Du hast mich angelogen?« Dabei habe ich mich, als er das letzte Mal hier gewesen ist, noch für seine Unterstützung bedankt! »Oh Gott, es hat also doch etwas mit Sam zu tun, oder?«

»Nein«, beteuert er sogleich und hält ebenfalls an. »Es hat nichts mit Sam zu tun.« Er geht weiter. »Und ich habe dich nicht angelogen. Allerdings habe ich dir auch noch nicht die ganze Wahrheit gesagt.«

Auch ich setze mich wieder in Bewegung und schließe zu ihm auf.

»Du weißt, dass ich die anwaltliche Schweigepflicht verletzt habe.«

Ich nicke.

»Für dich.«

»Wenn du mir jetzt ein schlechtes Gewissen deswegen machen willst …«

»Nein«, unterbricht er mich mit inständiger und zugleich sanfter Stimme. »Rosa, verstehst du denn nicht, warum ich das getan habe?«

Ich zucke mit den Schultern. »Weil Sams Forderung unfair gewesen ist. Also, auch in deinen Augen.«

Er seufzt. »Tut mir leid, wenn ich dir diese Illusion nehmen muss, aber eine unfaire Forderung allein hat bei mir in der Vergangenheit nie ausgereicht, um einer Mandantin der Gegenseite zu helfen.«

»Was genau willst du mir damit sagen?«

Abermals bleiben wir stehen.

Tiefbraune Augen durchbohren mich und bringen mich um den Verstand. »Rosa, ich liebe dich.«

Mir stockt der Atem. »Was?«

Im nächsten Moment greift Maxwell nach meiner Hand, die seit wenigen Sekunden zittert. »Im Nachhinein glaube ich, dass ich mich schon bei unserer ersten Begegnung Hals über Kopf in dich verliebt habe.«

Ich muss schlucken.

Maxwell ... liebt mich? Und das träume ich gerade auch nicht? Ich kann das noch gar nicht richtig begreifen!

In meiner Überforderung senke ich den Kopf und starre auf seine teuren Schuhe. »Aber ...« Dann sehe ich ihn wieder an. »Ich dachte, du bist Junggeselle aus Überzeugung.« *Denn ganz sicher bist du es nicht aus der Not heraus.*

»Na und?«, meint er und sieht mir weiterhin tief in die Augen. Sein Daumen macht sich selbstständig und streichelt zärtlich über meinen Handrücken. »Ist doch egal, was ich bisher gewesen bin. Jetzt will ich es nicht mehr sein.«

Du meine Güte, was?

Passiert das gerade wirklich?

»Wie gesagt: Ich glaube, dass ich mich direkt in der ersten Nacht in dich verliebt habe«, fährt er fort. »Deswegen ist es am Morgen danach zwischen uns so angespannt gewesen. Zumindest hoffe ich das. Weil es bedeuten würde, dass du genauso für mich empfindest. Das ... hoffe ich wirklich sehr, Rosa.«

Wow, ich ...

Ich fühle mich, als würde ich jede Sekunde vor Aufregung zerspringen!

Vor Aufregung und vor lauter Glücksgefühlen.

Denn Tatsache ist doch, dass ich wahnsinnig viel für Mr. Maxwell Hayes empfinde und sowieso nicht der Typ Frau bin, der jetzt vor Verbitterung nicht mehr an die große Liebe glaubt. Und, ja, er mag recht damit haben, dass ich deswegen so verkrampft gewesen bin, nachdem ich bei ihm aufgewacht bin. Vielleicht wäre ich auch ohne Blackout so nervös gewesen, einfach, weil er mir schon zu dem Zeitpunkt viel bedeutet hat! Wenn ich jetzt so darüber nachdenke, ergibt kaum etwas mehr Sinn als das. Ein Typ, der mich kalt lässt, hätte mich ganz sicher nicht dermaßen aus dem Konzept bringen können, bloß weil ich ihm nach einer durchfeierten Nacht gegenüberstehe.

Bis eben dachte ich allerdings nicht, dass auch nur der Hauch einer Chance besteht, dass Mr. Maxwell Hayes an einer festen Beziehung interessiert sein könnte! Und so habe ich meine Gefühle für ihn zu unterdrücken versucht – und die Betonung liegt ganz klar auf *versucht*. Allein heute, an diesem Tag der Entscheidung mit Sam, Ms. Griffin und eben Maxwell im Konferenzraum, habe ich es nicht lassen können, ihn immer und immer wieder anzusehen und in Tagträume abzudriften, die sogar heißer gewesen sind als die Gedanken, die ich hatte, wenn ich nachts in meinem Bett gelegen habe. Verdammt heiße Gedanken. Verbotene Gedanken. So dachte ich jedenfalls bisher!

Und jetzt ... steht *Mr. Perfect* vor mir und gesteht mir seine Liebe.

Ein strahlendes Lächeln zaubert sich auf meine Lippen. »Maxwell, ich ...« Ich halte inne. »Das ist jetzt aber kein billiger Trick, um mich noch mal ins Bett zu kriegen, will ich hoffen.«

Er lacht – und dieses Lachen jagt eine Art Stromschlag durch meinen Körper. »Interessant.

Ich nehme einfach nur deine Hand, und du denkst sofort an Sex.«

»Was?«, entfährt es mir und ich spüre, dass meine Wangen wärmer werden. Anschließend gebe ich die Entsetzte. »Das ist doch gar nicht wahr!« Zur Strafe für seine Bemerkung entziehe ich ihm meine Hand und gebe ihm einen leichten Klaps gegen seinen durchtrainierten Oberarm.

Sein Lachen wird herzhafter und er greift erneut nach meiner Hand, um sie mit seiner zu umschließen und zu streicheln. »Du bist süß, wenn ich dich verlegen mache. Vielleicht sollte ich das in Zukunft öfter tun. Nein, ich korrigiere: Ich *werde* es oft tun.«

Ich bemühe mich um eine ernste Miene. »Pass bloß auf, sonst verkrampfe ich mich wieder, so wie am Anfang.«

»Nein, nein, nein«, entfährt es ihm panisch. »Sorry, okay? Tut mir leid!«

Da pruste ich los. »Das war ja einfach!«

»Was?« Als ihm klar wird, dass ich ihn eben nur veralbert habe, spielt *er* den Empörten. »Na warte!« Maxwell packt mich an der Taille und zieht mich eng an sich, um mir verliebt in die Augen zu sehen und mich anzulachen.

Mein Herz rast vor Verlangen und Glück, als wir uns derart nahe sind und er mich festhält.

»Und?«, raunt er sinnlich gegen meine Lippen. » Wie lautet deine Antwort?«

»Auf welche Frage, Herr Anwalt?«

Grinsend schüttelt er den Kopf. »Ich habe dir gerade meine Liebe gestanden.«

Ich schlinge die Arme um seinen Hals, schließe die Augen und antworte ihm mit einem zärtlichen Kuss auf seine warmen, vollen Lippen. Mein Herz setzt einen Schlag aus und es schüttelt mich leicht vor Glück, als ich spüre, dass Maxwell den Kuss zärtlich erwidert. Ich halte die Augen geschlossen und genieße, wie sich sein Mund auf meinem anfühlt. Sein Atem berührt meine Haut und lässt ein gewaltiges Verlangen in mir pulsieren, das mir weiche Knie macht und mich fast übermannt. Erneut küssen wir uns, als hätten wir dafür alle Zeit der Welt, als gäbe es sonst keine Verpflichtungen mehr, weder für ihn noch für mich.

»Kannst du hier weg?«, flüstert er an meinen Lippen.

Schon bringt er mich wieder zum Lächeln. »Jetzt?«

Für diese überflüssige Frage klemmt er meine Unterlippe zwischen die Zähne und zieht leicht daran. »Natürlich jetzt.«

Ich lache. »Na ja, ich habe eigentlich gleich einen Termin, aber … wozu bin ich die Chefin?«

»Das heißt, wenn ich dich hier und jetzt entführen will, muss ich das mit … dir abklären.«

Mit einem vorfreudigen Grinsen nicke ich. »So sieht es aus.«

Wieder suchen meine Lippen seine und bekommen einen warmen Empfang. Maxwell lässt mich seine Zunge schmecken – und meine Atmung schneller werden.

»Und du?«, hauche ich unter dem Einfluss meiner kribbelnden Mitte. »Was ist mit dir?«

Kaum hörbar seufzt er, und dieser sinnliche Klang seiner tiefen Stimme lässt mich vor Erregung erschaudern. »Ich habe in zwanzig Minuten einen Termin.«

»Was?« Mit gesenkten Lidern muss ich lachen. »Was fragst du mich dann überhaupt, ob ich Zeit habe, wenn es bei dir sowieso nicht geht?«

Maxwell leckt über meinen Mund. »Das habe ich nicht gesagt.«

Fragend und neugierig blicke ich ihn an.

»Ich müsste nur gleich im Wagen einen Anruf tätigen«, sagt er, mit den Lippen abermals an meinen hängend. »Und einen Mandanten vertrösten.«

»Mmh«, mache ich genießend und schließe die Augen.

Als er das bemerkt, wandert sein Mund zu meinem Hals und beginnt ihn zu liebkosen.

»Einen reichen Mandanten?«, will ich wissen und zucke zusammen, als ich seine Zunge über meine Haut gleiten fühle.

Mit den Geräuschen, die er daraufhin von sich gibt, bejaht er meine Frage.

»Wäre es in dem Fall nicht ziemlich unvernünftig, ihm abzusagen?«, stöhne ich fast schon, denn seine Liebkosungen, die soeben deutlich an Unschuld verloren haben, beschleunigen meinen Puls weiter.

Wieder und wieder landen seine Lippen auf meinem empfindlichen Hals. »Das wäre ja mal ganz etwas Neues, dass ich in deiner Gegenwart etwas Vernünftiges mache.«

Mit dieser Bemerkung entlockt er mir das nächste Lächeln und ich fühle mich, als würde ich vor Glück platzen!

Und: Als wenn es von *mir* vernünftig wäre, direkt vor meiner Firma auf offener Straße zu stehen und mich vom Anwalt meines ehemaligen Geschäftspartners verwöhnen zu lassen ...

Aber jetzt, wo die Einigung durch ist, können Maxwell und ich ganz offiziell miteinander ausgehen, richtig?

Na ja, was wir hier gerade machen ... oder vielmehr was er mit mir anstellt, kann man wohl kaum als *miteinander ausgehen* bezeichnen ...

Sein Mund tastet sich zu meinem Ohr vor. »Wir können auch zu dir fahren, wenn du willst. Wie du dich wohler fühlst.«

»Nein, ich ... uhh, verdammt, Max ...« Ein zärtlicher Biss in mein Ohrläppchen, und ich komme mir wie dahinschmelzende Schokolade vor.

Wie mein Körper auf ihn reagiert, scheint ihm zu gefallen. »Was denn?«, fragt er – überflüssigerweise – und ich kann ihn grinsen hören.

»Lass uns zu dir fahren ...«, flehe ich.

Sein Griff um meine Taille wird fester, wird besitzergreifend. »Sicher?«, raunt er.

Ich nicke. Denn ich will jetzt nicht in die Wohnung, die ich vor Kurzem als Resultat meiner Trennung von Sam bezogen habe. Und außerdem ...

»Wir haben da noch etwas in deinem Schlafzimmer nachzuholen.«

Sinnlich lacht er. »Okay.«

***

»Das ist meine Wohnung«, keucht er an meinen Lippen, als er die Tür aufstößt und mit mir, mich wild küssend, das Penthouse betritt.

Ich verstehe seine Anspielung auf unser erstes Beisammensein hier sofort und muss kichern. »Nett«, kommentiere ich zwischen zwei leidenschaftlichen Zungenküssen, ohne auch nur auf ein einziges seiner Designermöbelstücke zu achten – genau wie beim letzten Mal.

Voller Ungeduld schlägt er die Tür wieder zu, packt mich am Handgelenk und zieht mich in Richtung Schlafzimmer.

Darüber muss ich glücklich auflachen und lasse mich mitzerren. »Und das ist also deine Küche«, will ich den Scherz von eben weiter ausführen, als wir gerade an der modernen Kücheninsel vorbeikommen.

Doch Maxwell scheint keine weitere Sekunde verlieren zu wollen, festigt den Griff um mein Handgelenk und zerrt mich unkommentiert durch den weiteren Flur, bis wir sein Schlafzimmer erreichen. Mit Schwung zieht er mich an sich vorbei und lässt mich dann los, so dass ich direkt vor sein Kingsize-Bett mit der dunkelgrauen Bettwäsche stolpere. Lachend drehe ich mich zu ihm um und will …

»Ausziehen«, verlangt er streng – und macht es mir sogleich vor, indem er auch schon anfängt, sich aus dem hochwertigen Anzug zu befreien.

Ich leiste Folge und streife mir meine Klamotten vom Körper, bis ich nur noch in Unterwäsche vor ihm stehe.

»Weiter«, fordert er, während auch er sich gerade seiner Boxershorts entledigt ... dem letzten Kleidungsstück, das noch etwas von seinem perfekten Körper verdeckt gehalten hat.

Nicht zu fassen, er sieht wirklich überall aus, als wäre er soeben einem heißen Feuerwehrmann-Kalender entsprungen. Oder aus Photoshop. Oder, wenn ich seine derzeitige Freizügigkeit bedenke, einem geschmackvollen Erwachsenenfilm.

Wieder höre ich auf ihn und ziehe den BH und den Slip aus. Dabei bin ich mir seiner Aufmerksamkeit sicher und muss mich mit einer prickelnden Mischung aus Vorfreude und Nervosität räuspern.

»Geh aufs Bett«, lautet anschließend sein Befehl an mich.

Längst kenne ich nichts anderes mehr, als ihm zu gehorchen. Es ist wie ein Instinkt, wie ein Reflex. Gehorsam krabble ich aufs Bett und erwarte die nächste Anweisung.

Maxwell bückt sich, um nach der Krawatte zu greifen, die er sich eben ausgezogen hat, und richtet sich wieder auf, um sich dem Bett zu nähern. »Leg dich hin.«

Ich tue es, lache aber dabei. »Werde ich jetzt gefesselt?«

»Habe ich gesagt, dass du reden sollst?«, verlässt es nüchtern seine Lippen, ohne dass der Klang seiner tiefen Stimme an Wärme oder Sinnlichkeit verliert.

Und so bleibe ich still auf der dunkelgrauen Decke liegen und erwarte ihn mit Sehnsucht.

Er kommt aufs Bett und beugt sich über mich. Im nächsten Augenblick wird mir klar, dass er die Krawatte als Augenbinde zweckentfremden will. »Los, Kopf hoch.«

Ich hebe den Kopf leicht an, damit Maxwell mir die Krawatte auf Augenhöhe umbinden und zuziehen kann.

Nun bin ich blind und liege, ansonsten vollkommen entblößt und ihm ausgeliefert, da. Zum ersten Mal fällt mir auf, dass mir der anregende Duft von Zedernholz in die Nase steigt. Ich kann nicht sagen, ob das von der Krawatte oder von Maxwell selbst kommt, aber auf jeden Fall scheint das eine Geruchskomponente seines Aftershaves zu sein, die mir zuvor nicht aufgefallen ist. Als wären nun, wo ich nichts mehr sehen kann, meine anderen Sinne etwas schärfer.

Könnte genau das der Grund dafür sein, dass er mir überhaupt diese Augenbinde verpasst hat und …

»Uh!«, entfährt es mir, als ich auf einmal spüre, dass Maxwells feuchte Zunge meinen Nippel umkreist. Erregt zucke ich zusammen.

Leicht beißt er zu.

»Oh Gott …«, seufze ich vor Verlangen.

Wahnsinn, wie intensiv ich empfinde, wenn ich nichts mehr sehen kann! Wenn einfach jede Empfindung mich völlig überraschend trifft und ich mich allein darauf konzentriere, wie es sich anfühlt!

Dabei hat Maxwell vermutlich noch nicht einmal richtig angefangen.

Kann ich es da überhaupt ertragen, wenn er erst so richtig zur Sache kommt?

14. KAPITEL

ROSA

Ich spüre seine Zunge an meinem anderen Nippel und habe gar keine andere Wahl, als mich lustvoll unter ihm zu winden.

»Endlich«, flüstert er sinnlich und bewegt sich weiter nach unten. »Endlich räkelst du dich wieder unter mir auf meinem Bett.« Warme Lippen liebkosen mich rund um meinen Bauchnabel, und jeder einzelne dieser Küsse elektrisiert mich!

»Diesmal ... habe ich auch nichts getrunken ... also, kaum etwas ...«

»Sei ruhig«, befiehlt er mir.

Darüber muss ich grinsen, und ich gehorche gerne.

Maxwell wandert weiter nach unten und spreizt meine Beine mit zwei dominanten Handgriffen, die schon ausreichen, um meine Atmung schwerer werden zu lassen. Ich spüre, wie er sich zwischen meine weit geöffneten Beine legt und anfängt, die Innenseiten meiner Schenkel zu küssen. Mein Herzschlag wird schneller. Jedes Mal, wenn er mich küsst, nähert er sich weiter meiner Mitte. Und jedes Mal, wenn das passiert, stelle ich mir vor, dass mitten in der Schwärze, die ich gerade sehe, ein leuchtender Farbklecks explodiert.

Je weiter er sich meiner empfindlichsten Stelle nähert, umso weniger kann ich es noch erwarten, seine Zunge an mir zu spüren. Und ich habe keinen Zweifel daran, dass die Geräusche, die ich mache, ihn das längst wissen lassen. Nach jedem weiteren Mal, wenn seine Lippen auf einem meiner Schenkel landen, denke ich, dass es nun endlich passiert und er mich leckt. Doch jedes Mal foltert er mich weiter und wendet sich doch wieder dem anderen Schenkel zu.

»Max ...«, flehe ich gequält und bin mir sicher, dass ich nichts weiter sagen muss, um ihm klarzumachen, wonach ich mich jetzt so sehr sehne.

Einen Moment lang habe ich das Gefühl, dass er mein Flehen endlich erhört, denn in der nächsten Sekunde wandert sein Mund tatsächlich zu meiner Klit und hält davor inne, sodass sich sein warmer Atem dagegen schlägt. Ich komme fast um vor Ungeduld, doch gleichzeitig fühle ich mich erleichtert, weil ich erwarte, dass er mich jetzt endlich erlöst und leckt. Zu meinem unendlichen Leid hält er jedoch weiter inne und lässt mich sein sinnliches Lachen hören.

»Du Mistkerl«, raune ich und lege die Hände an seinen Hinterkopf.

Da wird sein Lachen lauter und er taucht ab.

Endlich …

Nachdem er mich so unfassbar heiß gemacht und dann gequält hat, schenkt er mir jetzt endlich Erlösung. Und was für eine. So eisern, wie er sich eben zurückgehalten hat, um mich auf die Folter zu spannen, so rückhaltlos reibt jetzt seine Zunge über meine angeschwollenen Schamlippen.

»Mmh, das … uhh, Max …«

Leicht drücke ich ihn an mich und will mehr. Ich sehe ein Feuerwerk vor mir und weiß kaum noch, wo mir der Kopf steht!

Das nimmt er zum Anlass, um erneut seine Zähne zum Einsatz zu bringen. Laut stöhne ich und zucke abermals unkontrolliert unter seinem Verwöhnprogramm.

Auf einmal lässt er von mir ab, und es wirkt widerwillig. »Vorsicht«, ermahnt er mich mit sanfter Stimme. »Jetzt noch nicht.«

Vor lauter Erregung komme ich kaum noch mit Atmen hinterher. »Du meinst … kommen?«

Statt darauf mit Worten zu reagieren, greift er sich meine Arme und legt sie über meinen Kopf. Mit Bestimmung drückt er sie in die Decke, um mir unmissverständlich klarzumachen, dass ich sie dort behalten soll. Maxwell legt sich auf mich. Ein zweites Mal fühle ich mich, als würde er mich erlösen, denn ich kann es kaum noch erwarten, ihn in mir zu spüren. An meiner Haut fühle ich, dass er längst genauso heiß ist wie ich.

Maxwell führt seine Männlichkeit zu meiner Mitte und dringt in mich ein, füllt mich perfekt aus.

Unter einem heißen Knurren verschmilzt er mit mir. Er fängt sich zu bewegen an und braucht nicht lange, bis auch seine Atmung schneller wird. Jeder seiner Stöße benebelt mich noch heftiger als der vorherige. Ich kann immer noch nicht fassen, wie schön und richtig es sich anfühlt, mit Maxwell eins zu sein.

Instinktiv will ich die Arme runternehmen und mich an seinem Rücken festhalten, aber er lässt mich nicht. Sofort, als ich die Arme bewege, fixiert er sie mit einem dominanten Handgriff wieder. Um sicherzugehen, dass ich nicht noch mal ungehorsam werde, lässt er seine Hände nun dort und hält meine Arme über meinem Kopf fest. Ich stöhne, als wenn mein Leben davon abhinge, und werde sogar noch lauter, als ich höre, dass auch Maxwell inzwischen eindeutige Geräusche von sich gibt. Ich fühle mich so gut, so frei, so … perfekt. Nirgendwo anders will ich jemals wieder sein als hier, in diesem Moment, voller Ekstase, mit ihm, meinem Mr. Perfect.

Eine wohlige Wärme durchströmt meinen Körper. Ich fühle mich so entspannt, wie schon seit Ewigkeiten nicht mehr. Jedes Mal, wenn Maxwell sich auf mir bewegt und seine Männlichkeit wieder tiefer in mich schiebt, sehne ich mich nach mehr. Und auch wenn er mir nicht erlaubt, meine Arme um ihn zu schlingen und ihn an mich zu drücken, verrät ihm mein Körper zweifellos alles von meiner Sehnsucht.

Ich stöhne lauter.

Er bewegt sich schneller.

Ich schreie lustvoll auf.

Er keucht und knurrt so sexy, dass es mir den Kopf verdreht.

»Oh Gott, ich ...« Mehr schaffe ich nicht auszusprechen, stattdessen entlasse ich, frei von allen Hemmungen, einen Ausruf der Lust in die Welt.

Sein Knurren wird tiefer, wird lauter. Nachdem er mir den Vortritt gelassen hat, kommt auch er zuckend in mir.

Schwer atmet er gegen mich und sackt schließlich über mir zusammen.

Weitere lustvolle Geräusche verlassen meinen Mund, als ich noch damit kämpfe, all diese intensiven Empfindungen zu verarbeiten. Noch nie habe ich mich dermaßen überwältigt und glücklich gefühlt. Allmählich kommt mein Herz zur Ruhe, und auch Maxwells Atmung verlangsamt sich wieder.

Leicht richtet er den Oberkörper auf, zieht mir die Krawatte vom Kopf und sieht mich verliebt an. Das ist also der erste Anblick, der sich mir bietet, als ich wieder etwas sehen kann. Ich erwidere seinen süßen Blick nur zu gerne und lache. Daraufhin drückt er mir einen Kuss auf den Mund, den ich mit Freude in Empfang nehme.

»Wow«, sage ich und ringe nach Luft. »Das war ... wow!«

Lachend gibt er mir noch einen Kuss und legt sich dann neben mich.

»Das hat sich gut angefühlt, so mit verbundenen Augen.«

»Gut«, raunt er. »Dann werde ich mir das merken.«

Da drehe ich mich zu ihm und stütze den Kopf mit der Hand ab. »Behältst du beim Sex gern die Kontrolle?«

Er lacht. »Was?«

»Na ja. Wird es jetzt immer so ablaufen? Nur damit ich Bescheid weiß.«

Wieder sieht er mich verliebt an und streicht mir zärtlich eine rotbraune Locke aus dem Gesicht. »Nicht immer. Aber immer, wenn du es brauchst. So wie heute.«

Meine Augen werden größer. »Woher wusstest du, dass mir so etwas gefallen würde? Ich meine, du hast mir Befehle gegeben und mir den Mund verboten!«

Maxwell bleibt gelassen. »Hat es dir denn gefallen?«

»Ja, schon ...«

»Na also.«

Damit will ich mich nicht zufriedengeben. »Aber woher wusstest du das?«

Er zuckt mit den breiten Schultern. »Ich wusste es nicht. Ich habe es einfach ausprobiert. Du leitest dein eigenes Unternehmen und hast mehrere Angestellte unter dir. Das heißt, du hast am laufenden Band Entscheidungen zu treffen und Verantwortung zu tragen. Also dachte ich mir, dass es angenehm für dich sein könnte, das Zepter mal abzugeben und dich einfach fallen zu lassen.«

Wow. Damit hat er genau ins Schwarze getroffen!

Allerdings …

»Aber ich bin kein Kontrollfreak, Rosa. Ich habe auch kein Problem damit, dir mal die Führung zu überlassen. Wie gesagt: Immer so, wie du es gerade brauchst.«

Wie gebannt sehe ich ihn an. »Diese Antwort war jetzt wirklich …« Ich halte inne und muss grinsen.

»Was?«, will er neugierig wissen.

»Perfekt«, flüstere ich und gebe ihm einen Kuss auf den Mund.

Maxwell erwidert den Kuss sofort und wirkt auch sonst ebenso glücklich, wie ich es definitiv bin.

Aber …

»Oh Mann, wie spät ist es eigentlich?«, frage ich mich und sehe zur Nachtkommode, auf der ein Wecker steht. »Ich muss zurück in die Firma!«

Seufzend erhebt Maxwell sich. »Ja, ich muss ebenfalls wieder in die Kanzlei.«

Auch ich stehe auf und begebe mich zu meinen Klamotten. »Um fünf habe ich einen Termin, den ich nicht verschieben kann.« Ich streife mir den Slip über und greife nach dem BH.

»Und ich muss mir überlegen, wie ich jetzt vorgehe.«

Ich halte inne. »Hm?«

Ernsten Blickes steigt er in seine Boxershorts und zieht sie hoch. »So, wie sich die Dinge zwischen uns entwickelt haben …« Wieder ein Seufzen. »Egal. Ich kläre das schon.«

»Nein, bitte.« Ein ungutes Gefühl beschleicht mich. »Was meinst du?«

Während er sich die Anzughose überstreift, sieht er mich an. »Den Interessenkonflikt. Und die verletzte Schweigepflicht.«

Ich muss das, was ich da höre, erst mal verarbeiten. »Moment mal ...« Ich muss schlucken. »Die Einigung ist doch jetzt durch, und Sam hat keinen Verdacht geschöpft, richtig?«

Er zieht sich weiter an. »Korrekt.«

»Und trotzdem gibt es jetzt ein Problem?«

Wieder zeigt er mir eine nüchterne Miene. »Vielleicht, ja.«

Die Ratlosigkeit dürfte mir ins Gesicht geschrieben stehen. »Max ...«

Schnaufend kommt er näher und nimmt meine Hände, um sie mit seinen zu umschließen und zu streicheln. »Wenn wir jetzt offiziell zusammen sind und Sam davon Wind bekommt, könnte er doch noch zu dem Entschluss kommen, dass ich dir eine vertrauliche Information zugespielt habe, die dir gegen ihn geholfen hat.«

Ein unangenehmer Schauer läuft mir über den Rücken. Denn das, was er da sagt, klingt leider durch und durch plausibel. »Und wenn es dazu kommen sollte?«, traue ich mich schließlich zu fragen.

»Dann könnte er meinen Verstoß melden.«

Wieder muss ich schlucken. »Und ... dann?«

»Dann droht mir, aufgrund der hohen Summe, die ich dir mit meinem Tipp erspart habe, eine Haftstrafe.«

»Was?«, platzt es entsetzt aus mir heraus.

»Nur im schlimmsten Fall. Wenn mir der Richter nicht wohlgesonnen sein sollte.«

Als mir klar wird, dass er das ernst meint, reiße ich die Augen auf. »Aber – Max!«

Tief sieht er mir in die Augen. »Was ist?«

Fassungslos sehe ich ihn an. »Wie konntest du dieses Risiko nur zulassen? Hier stehen Nutzen und Gefahr in absolut keinem Verhältnis!«

»Doch, Rosa. Für mich schon. Aber bitte, wenn du mir jetzt Vorwürfe machen willst ...« Sein Griff um meine Hände festigt sich und er streichelt mich weiter.

Hilflos stehe ich da. »Aber ... aber ...!«

»Aber ich kann mich immer noch selbst anzeigen«, fährt er schließlich fort.

»Ach so?«

Er nickt. »Dann verliere ich bloß meinen Job und meinen Ruf.«

»*Bloß?*«, wiederhole ich voller Unglauben. Ich will die Hände vor den Mund schlagen, aber Maxwell hält sie weiterhin fest. »Das wäre ja furchtbar!«

»Aber bei Weitem nicht so schlimm wie eine Haftstrafe.«

Oh! Mein! Gott!

Wenn das die einzigen zwei Optionen sind ...

Das ist ja ein Alptraum!

Was haben wir da nur angerichtet?

Als Maxwell mich in meinem Büro aufgesucht und mir diesen einen Tipp gegeben hat, da bin ich natürlich überrascht gewesen und habe mir denken können, dass er damit gegen irgendwelche Richtlinien verstößt. Aber dass er damit gleich seinen Job und seinen Ruf aufs Spiel setzt und sogar eine Haftstrafe riskiert, ist mir nicht klar gewesen. Andernfalls hätte ich ihn hochkant rausgeschmissen, ehe er mir den Tipp hätte geben können!

Und vor allem kann ich nicht fassen, wie wenig Maxwell diesen Fehltritt zu bereuen scheint.

Auch jetzt noch!

Am liebsten würde ich ihm jetzt tatsächlich Vorwürfe machen.

Aber was würde das bringen? Unangenehme Stimmung zwischen uns, aber ansonsten nichts. Passiert ist passiert. Wir können diese Tat, die er mir zuliebe begangen hat, nicht mehr rückgängig machen.

Deswegen sollte ich mich nur noch mit einer Frage befassen: Was kann man jetzt noch tun, um den Schaden so gering wie möglich zu halten?

Und damit meine ich natürlich, dass Maxwell weder im Gefängnis landen noch seinen Job verlieren soll!

Oh Gott …

Gerade wird es mir klar.

Dafür gibt es nur eine einzige Lösung.

Sam darf niemals erfahren, dass sich zwischen Maxwell und mir etwas abgespielt hat.

Und folglich dürfen wir uns nicht wiedersehen. Nein, auf keinen Fall. Es geht nicht!

»Also …«, beginne ich. »Wenn ich das richtig sehe …«

»Ja?«

»Wir können nur dann sicherstellen, dass Sam niemals dahinterkommt, wenn wir uns nicht mehr sehen.«

Maxwell lacht. »Ja, genau. Verzwickt, oder?«

Ich verziehe den Mund.

»Dann weißt du ja jetzt, worüber ich mir Gedanken machen muss, wenn ich wieder im Büro bin.«

»Oh, du musst dir keine Gedanken machen!«, stelle ich klar. *Ich habe die einzige Möglichkeit, die uns noch bleibt, ja soeben ausgesprochen.*

Er lächelt, sagt aber nichts mehr.

»Hör zu …« Ich ziehe meine Hände weg. »Ich muss jetzt echt los.«

»Ja, ich auch.« Als Nächstes greift er sich sein Hemd.

Auch ich ziehe mich fertig an. Schweren Herzens. Und mit einem wirklich miesen Gefühl in der Magengegend. Liebeskummer. Ganz eindeutig. Denn so wundervoll, wie dieser Tag gestartet ist, so schrecklich scheint er nun zu enden.

Maxwell und ich dürfen uns also nicht wiedersehen. Für alles andere wäre das Risiko viel zu hoch. Jedenfalls in der Öffentlichkeit. Aber für eine heimliche Affäre bin ich nicht geschaffen. Schon gar nicht auf Dauer. Nein, keine Chance.

Wenige Minuten später begeben wir uns zur Tür, zum Fahrstuhl, ins Parkdeck, in seinen Wagen. Ganz der Gentleman, fährt Maxwell mich wieder zur Arbeit.

»Das eben war wirklich schön«, sagt er dabei auf einmal zu mir. »Alles, was heute passiert ist.«

Oh Gott, was soll das jetzt, Maxwell? Wir haben gerade festgestellt, dass das mit uns ein Fehler gewesen ist, und zwar einer, der sich auf keinen Fall wiederholen darf!

Ich meine, ja, das eben war tatsächlich schön, aber ...

Wenn ich daran denke, dass sich unsere Wege gleich für immer trennen werden, kommen mir fast die Tränen. Nur mit Mühe kann ich sie zurückhalten, um gleich vor meinen Mitarbeitern nicht noch mehr Fragen aufzuwerfen, als meine Abwesenheit es wohl ohnehin schon tun dürfte.

Nach einiger Zeit erreichen wir meine Firma und ich bekomme Panik.

Das ist so unfair!

Das mit Maxwell und mir hat gerade erst begonnen, und jetzt ist es schon wieder vorbei!

Mein Herz zieht sich immer weiter zu einem verkrampften Klumpen zusammen. Aber was soll ich machen? Von Maxwell verlangen, dass er eine Kündigung und auch noch eine Rufschädigung riskiert? Oder gar eine Haftstrafe?

Auf. Keinen. Fall.

Ich versuche mich zu beruhigen, und atme extra tiefer und langsamer weiter.

Maxwell parkt den Wagen – und mir ist einfach nur zum Heulen zumute. Mit großen Augen sehe ich ihn an.

Er wirkt überrascht darüber, dass mir das Ganze so nahe geht. »Hey, alles okay?«

Äh …

Kann es sein, dass ihn das nicht so mitnimmt wie mich?

Okay?

Wie ernst war es ihm dann überhaupt mit mir?

Gerade will ich mir den Kopf darüber zerbrechen, was ich jetzt zu ihm sagen soll, da klingelt auf einmal sein Handy über die Lautsprecher des Autos.

Maxwell sieht auf den Bildschirm. »Mist, da sollte ich rangehen.« Er sieht mich an. »Ist das okay für dich?«

Perplex nicke ich. »J-Ja …«

»Okay, danke«, erwidert er und gibt mir doch allen Ernstes einen Kuss auf die Wange.

Schon nimmt er den Anruf an. »Mr. Sanders, hallo!«

Überfordert steige ich aus, mache die Tür von außen zu und tapse zum Eingang. Dann bleibe ich stehen und drehe mich noch mal um, da gibt Maxwell auch schon Gas und fährt davon.

Okay.

Ich verstehe.

Das war‘s dann also.

Jeder hat seine eigene Art, mit so einem erzwungenen Abschied umzugehen. Maxwells Art ist da ganz anders als meine. Vielleicht hätten wir also sowieso nicht so gut zusammengepasst, wie ich eben noch gedacht habe, als er meine Welt zum Drehen gebracht hat, und zwar ohne Alkohol, einfach nur er.

Verdammt, nun kommen mir doch die Tränen!

Und ich starre seinem Wagen wie eine Idiotin hinterher, während er längst nach vorne zu blicken scheint.

Ist es ihm da überhaupt zu irgendeiner Sekunde ernst mit mir gewesen? Hat er sich etwa alles nur ausgedacht, von seinen Gefühlen bis hin zur Haftstrafe, um mich endlich ins Bett zu kriegen und dann sofort wieder loszuwerden?

Boah, das wäre ja krass!

Das kann ich mir ja eigentlich nicht von ihm vorstellen.

Aber was weiß ich denn schon? Ich, die naive Romantikerin?

Wie auch immer.

Das war‘s also.

Das war‘s.

15. KAPITEL

MAXWELL

Auch am nächsten Tag sitze ich völlig gedankenversunken in meinem Büro und weiß nicht weiter.

So viel ist gestern passiert! Ich habe Rosa meine Liebe gestanden, und sie mir ihre. Auch alles, was sich danach zwischen uns abgespielt hat, hat meine wildesten Träume übertroffen. Ich bin vollkommen verrückt nach dieser Frau, und dass sie mich genauso will wie ich sie, macht mein Glück perfekt.

Aber nun sind wir also fest zusammen. Und Sam wird sicher irgendwann mal wieder mit ihr zu tun haben, um noch die letzten geschäftlichen Dinge zu regeln. Die Gefahr ist also wirklich da, dass er mich doch noch wegen Verletzens der anwaltlichen Schweigepflicht verklagen wird, mit allem, was dazugehört. Was das angeht, habe ich Rosa gestern ganz offen die bittere Wahrheit erzählt.

Du musst dir keine Gedanken machen, hat sie daraufhin gesagt.

Will heißen: *Mach dich nicht fertig, es findet sich schon eine Lösung.*

Das war natürlich total süß von ihr, aber auch einen Tag später ist es mir immer noch nicht gelungen, zu einer Entscheidung zu kommen.

Zeige ich mich selbst an oder nicht?

Wie groß ist das Risiko, welches von Sam oder auch von Jodie Griffin ausgeht, wirklich?

Leider konnte ich mich gestern nicht mehr weiter mit Rosa darüber unterhalten. Wir hatten beide noch geschäftliche Termine, die wir einfach nicht verschieben konnten. Und als ich sie bei *Line Lights* abgesetzt habe, hat auch noch mein Vorgesetzter angerufen. Ich wusste direkt, dass er mich sprechen wollte, weil ich einen unserer reichsten Mandanten vertröstet habe. Diesem Telefonat durfte ich mich unmöglich entziehen. Nur leider ist dadurch meine Verabschiedung mit Rosa ziemlich blöd gelaufen.

Abends habe ich sie dann auch gar nicht mehr angerufen, und sie mich auch nicht. Wir beide haben die bittere Wahrheit offenbar erst mal sacken lassen.

Aber noch heute will ich mich bei ihr dafür entschuldigen, dass ich gestern im Auto am Ende etwas überfordert gewesen bin. Und ich will mit ihr offen darüber sprechen, wie ich nun vorgehen soll, bezüglich meiner möglichen Selbstanzeige.

Und danach werde ich den Rest unseres gemeinsamen Lebens Zeit haben, um den Kummer, den ich ihr bereitet habe, wiedergutzumachen. Sie soll meinen Verstoß genauso wenig bereuen, wie ich es tue.

Also.

Was sagt mir im Moment mein Gefühl?

Soll ich mich selbst anzeigen oder nicht?

Wie hoch ist das Risiko, dass Sam Briggs mir doch noch auf die Schliche kommt und Rache will? Oder dass Ms. Griffin sich irgendwann denken kann, dass ich Rosa geholfen habe, und mir eins reinwürgen will? Wahrscheinlich bleibt sie Rosas Anwältin, und dann könnte sie mir eines Tages bei *Line Lights* über den Weg laufen, wenn ich Rosa gerade besuche.

Scheiße, das ist verdammt schwer zu sagen. Denn am Ende hat das viel mit Glück zu tun. Letztlich kann nur ich entscheiden, wie risikofreudig ich bin. Und bisher habe ich mich, wenn es um Rosa geht, als risikofreudig erwiesen.

Mann.

Noch nie zuvor habe ich mich in einer solchen Zwickmühle befunden.

Ich habe das Gesetz gebrochen, ja. Aber ich habe es für Rosa getan, und kann immer noch nicht behaupten, dass ich es bereue.

War es leichtsinnig? Bescheuert? Kurzsichtig? Vollkommen hirnrissig und dumm?

Mag sein.

Und dennoch.

Keine Reue. Nein, absolut nicht. Nicht, wenn es um Rosa geht.

So ist das eben mit der Liebe. Kenne ich aus genügend Filmen. Und jetzt hat es also auch mich erwischt. Schuldig im Sinne der Anklage, ein gottverdammter Romantiker zu sein.

Nur was mache ich jetzt mit meiner Selbstanzeige?

Scheiße, ich bin mir immer noch nicht sicher.

Nur an einer Sache habe ich keinen Zweifel: Ich will Rosa noch heute wiedersehen.

Kurzerhand greife ich zum Handy und rufe sie auf ihrer Mobilnummer an. Nur gut, dass wir gestern, als sie zu mir in den Wagen gestiegen ist, Nummern ausgetauscht haben. Das ist ja auch längst überfällig gewesen.

Hm.

Sie geht nicht ran.

Ich probiere es auf dem Festnetz, und zwar mit der richtigen Durchwahl direkt in ihrem Büro.

Auch nichts.

Ist sie außer Haus und hat viel um die Ohren?

Ich rufe noch mal auf ihrem Handy an und hinterlasse eine Sprachnachricht auf ihrer Mobilbox. Dann kann sie mich zurückrufen, sobald sie Zeit hat.

Oh Mann, ich kann es kaum erwarten, sie wiederzusehen und ihr weitere honigsüße Geräusche zu entlocken.

So.

Und wie handhabe ich jetzt mein anderes Problem?

***

Noch nie bin ich dermaßen frustriert darüber gewesen, dass mich jemand nicht zurückgerufen hat. Und ich habe mit so manchem vielbeschäftigten Mandanten zu tun. Aber wirklich keiner von denen hat mich je derart aufgewühlt, wie ich es jetzt bin, weil ich noch immer nichts von Rosa gehört oder gelesen habe. Im Laufe des Tages habe ich ihr noch mehrere Nachrichten geschrieben, doch selbst darauf habe ich keine Antwort bekommen. Nicht eine einzige Reaktion. Und mit der Frage, ob ich mich selbst anzeigen sollte, ehe mir Sam Briggs oder Jodie Griffin zuvorkommen könnte, bin ich auch nicht weitergekommen.

Mach dir keine Gedanken, hat Rosa gestern zu mir gesagt.

Ich mache mir aber welche!

Darüber, warum ich sie einfach nicht erreiche.

So weit ist es also schon mit mir gekommen. Ich bin zum anhänglichen Romantiker geworden, der es nicht aushält, wenn er mal einen halben Tag lang nichts von seiner Freundin hört.

Meiner Freundin ...

Ein ungewohnter und zugleich wundervoller Gedanke.

Dementsprechend bin ich gerade mal wieder auf dem Weg zu ihrem Büro, um dort mein Glück zu versuchen. Mittlerweile ist Abend, ich konnte Feierabend machen und darf hoffen, dass auch

Rosa gleich Zeit haben wird. Dann können wir in Ruhe besprechen, wie ich bezüglich der verletzten Schweigepflicht vorgehen soll. Vielleicht reicht ein Blick in ihre grünen Augen, und ich weiß es. Sehr wahrscheinlich sogar.

Ich parke den Wagen und betrete das Gebäude. Bei *Line Lights* ist es recht ruhig und dunkel, doch der Eingang ist noch offen. Ich schreite durchs erste Großraumbüro, und weiter ins nächste. Ansonsten ist niemand mehr da, aber tatsächlich brennt hinten bei Rosa noch Licht durch die offenstehende Tür. Das lässt mich nicht nur erleichtert aufatmen, sondern auch vorfreudig lächeln.

Als ich mich jedoch weiter nähere und sie mich bemerkt, rutscht mir bei dem Gesicht, das sie macht, das Herz in die Hose. Verunsichert setze ich meinen Weg zu ihr fort und betrete ihr Büro.

»Maxwell!«, entfährt es ihr, scheinbar überrascht, wenn nicht sogar ... schockiert? Steif erhebt sie sich von ihrem Platz.

Ich zögere. »Tut mir leid, ich hätte dich wirklich gerne vorgewarnt, dass ich vorbeikomme, aber irgendwie konnte ich dich nicht erreichen.«

Stille.

Noch immer scheint sie meine Anwesenheit mehr als zu irritieren. Sie hat ja mal gesagt, dass es so unser Ding ist, uns gegenseitig mit unserer Präsens zu überraschen – aber dieser Blick, den sie macht, versetzt mich in Unruhe.

Ist es echt so verwunderlich, dass ich herkomme, um … meine Freundin zu sehen?

Oder was ist hier los?

»Hattest du viel um die Ohren?«, frage ich.

Große, runde, smaragdgrüne Augen blicken mich an. »Was machst du denn hier?«

Was?

Zum ersten Mal seit Langem fühle ich mich, als wäre ich im falschen Film gelandet. Und dieses Gefühl gefällt mir ganz und gar nicht, vor allem nicht, wenn ich Rosa gegenüberstehe.

»Ich wollte dich sehen«, spreche ich das Offensichtliche aus und zwinge mich zu einem Lächeln. »Musst du Überstunden machen?« Vielleicht ist sie deswegen angespannt.

Mir entgeht nicht, dass ihre Lippen leicht beben.

»Maxwell …«, murmelt sie in einem Ton, der mich unangenehm erschaudern lässt.

Was ist denn aus *Max* geworden?

»Bitte …«, fleht sie, doch dieses Flehen klingt nicht wie das, das sie mich gestern hat hören lassen. »Bitte geh wieder.«

Scheiße. Sie ist ja wirklich angespannt! Und zwar meinetwegen.

Warte – was hat sie gerade gesagt?

»Wir haben es beendet«, fährt sie zu meinem Entsetzen fort.

»W-Was?«

»Da sollten wir es nicht noch schlimmer machen.«

»Aber …«, versuche ich einzuwerfen.

»Was, wenn dich hier jemand sieht? Bald kommt zum Beispiel die Putzfrau.«

Ich verstehe die Welt nicht mehr. »Halt«, fordere ich laut. »Was heißt *beendet*?«

Zu meiner absoluten Verwirrung blickt sie mich ebenso fassungslos an wie ich sie. »Maxwell, was soll jetzt dieses Spielchen? Verzeih mir, wenn ich das so direkt anspreche. Aber das hätte ich nicht von dir gedacht, und das ertrage ich ehrlich gesagt auch nicht, also bitte ...«

»Ich treibe kein Spielchen!«, muss ich ihr einfach mit energischer Stimme ins Wort fallen. Mein Puls jagt in die Höhe, und so muss ich schnaufen. »Rosa!« Verzweiflung prägt meinen Ton. »Was ist denn los?«

Ratlos sieht sie mich an und bekommt feuchte Augen.

Und da dämmert es mir endlich.

Mach dir keine Gedanken.

Das hat sie vollkommen anders gemeint, als ich es in dem Moment aufgefasst habe!

Denn das hat gar nicht bedeutet: *Wir kriegen das schon hin.*

Nein, stattdessen hat sie damit nur eins gemeint, nämlich: *Wir beenden das mit uns, dann erledigt sich deine Zwickmühle auf der Stelle.*

Oh Mann! Ernsthaft?

Deswegen also!

Deswegen ist *sie* gestern im Auto so still gewesen. Deswegen hatte sie abends keinen Grund, mich anzurufen. Und deswegen habe ich sie heute nicht erreicht.

»Hast du …«, beginne ich und muss schlucken, »… meine Nummer blockiert?«

Schuldbewusst presst sie die Lippen aufeinander. »Nur zur Sicherheit, damit ich nichts Dummes tue.«

»Etwas Dummes wie …«, ich runzle die Stirn, »… mich anzurufen.«

Kaum merklich nickt sie.

Ich fasse es nicht!

»Rosa!«, rufe ich verzweifelt aus und will den Tisch umrunden, um sie in die Arme zu nehmen und an mich zu drücken, als wolle ich ihr klar machen, dass sie mir gehört.

Ihre gehobene Hand und ein inständiger Blick halten mich allerdings davon ab. »Nein, bitte. Lass es uns wie gesagt nicht noch schlimmer machen. Je länger wir das Unvermeidliche hinauszögern, umso mehr tun wir uns nur weh.«

»Aber …« Entsetzt starre ich sie an.

»Zugegeben, es ist wirklich toll von dir, dass du es jetzt doch noch mal versuchen willst …«

»Das will ich die ganze Zeit, Rosa! Das mit gestern scheint ein total bescheuertes Missverständnis zu sein! Verstehst du denn nicht?«

»Ist doch jetzt auch egal«, erwidert sie. »Das mit uns darf nicht sein. Du dürftest nicht einmal hier sein, und schon gar nicht zu dieser Uhrzeit!«

Noch immer kann ich nicht fassen, was ich da hören muss, und das gebe ich nun auch mit einem weiteren Schnaufen zum Ausdruck, gefolgt von einem Kopfschütteln. »Entschuldige mal, aber willst du mir jetzt allen Ernstes weismachen, dass ich meine Gefühle ignorieren und so tun soll, als würde mein Leben ohne dich wunderbar weitergehen, oder was?«

Sichtlich kämpft sie mit den Tränen, und das macht es mir umso schwerer, nicht auf der Stelle zu ihr zu eilen und sie an mich zu drücken.

»Glaub mir, Maxwell, es fällt mir genauso schwer wie dir. Aber ...« Mehr sagt sie gar nicht mehr.

»Rosa«, lasse ich eindringlich verlauten.

»Nein.«

»Aber ...«

»Was auch immer du jetzt noch dazu sagen willst – ich möchte es nicht hören. Bitte. Quäl mich nicht. Okay? Bitte.«

»Rosa!«, flehe ich.

»Es steht für mich nicht zur Debatte, Maxwell!«

»Was genau?«, will ich wissen.

»Na, mit dir zusammen zu sein und dadurch zu riskieren, dass du alles verlierst!«

»Das tue ich ja gerade sowieso, wie es aussieht.« Fest drücke ich die Lippen zusammen. »Alles zu verlieren, was zählt.«

»Mein Gott ...«, murmelt sie erschrocken. »Du bist ja sogar ein größerer Romantiker geworden als ich ...«

Was soll ich dazu jetzt sagen?

»Aber das kann ich nicht zulassen«, fügt sie entschlossen an.

Nicht länger kann ich mich zurückhalten und gehe auf sie zu. »Rosa ...«

»Nein!«, entfährt es ihr energisch und sie weicht zurück.

Mir bleibt nichts anderes übrig, als wieder stehenzubleiben.

»Hast du eigentlich mal darüber nachgedacht, was passieren würde, wenn ausgerechnet jetzt Sam hier auftauchen sollte, um noch irgendwelche Sachen abzuholen?«, feuert sie mir an den Kopf.

Mann, sie ist ja echt aufgewühlt deswegen.

Und langsam weiß ich nichts mehr zu sagen. Beim besten Willen nicht.

Voller Entschlossenheit schüttelt sie den Kopf. »Es ist, wie es ist. Das mit uns kann so nicht weitergehen. Tut mir leid. Deswegen, bitte ...«

Wieder macht unangenehmes Schweigen die Runde.

Bis ich schließlich schwermütig nicke. »Ja. Du hast recht.«

Und wieder: Schweigen.

Rosa hat mir also nichts weiter zu sagen als das, was sie mir gerade an den Kopf geknallt hat. Das war's also. Sie ist fest entschlossen, es dabei zu belassen. Und es gibt nichts, was ich jetzt noch von mir geben könnte, um sie umzustimmen.

Dann ist es eben so, wie sie gerade gesagt hat.

So kann es nicht mit uns weitergehen.

Ohne einen letzten Blick mache ich auf dem Absatz kehrt – und gehe.

Kein einziges Mal drehe ich mich noch zu ihr um.

Und kein einziges Mal unternimmt sie den Versuch, mich aufzuhalten.

Umso besser.

Das weiß ich jetzt.

Denn so kann es wirklich nicht weitergehen.

16. KAPITEL

ROSA

Okay. Ich bin jetzt also doch noch mal persönlich hergekommen. In diese Kanzlei. Um Schluss zu machen. Und das macht man bekanntlich von Angesicht zu Angesicht. So gehört es sich einfach.

Ich atme durch. Dann betrete ich ihr Büro.

Sogleich sieht sie von ihrem Schreibtisch zu mir auf. »Ms. Bailyn, guten Tag«, begrüßt sie mich.

Verhalten lächle ich. »Hallo Ms. Griffin.«

»Verzeihen Sie, hatten wir einen Termin?«

»Nein, ich bin spontan hier.«

»Oh.« Begeisterung – oder zumindest Kundenfreundlichkeit – steht ihr nicht gerade ins Gesicht geschrieben, aber das bestätigt mir nur, dass die Entscheidung, die ich getroffen habe, richtig ist. »Okay …«

»Darf ich mich setzen?«, frage ich und deute auf den Stuhl für Gäste.

Noch immer zeigt sie mir mit ihrer Mimik, dass sie meinen unangekündigten Besuch alles andere als toll findet. Ich verstehe ja, dass sie zu tun hat, aber solange gerade kein anderer Mandant da ist, sollte man einen Kunden eigentlich trotzdem herzlicher empfangen, oder?

Sie seufzt. »Ja, bitte.«

Und so setze ich mich und überlege mir, wie ich das, was ich ihr mitzuteilen habe, formulieren soll.

»Vielen Dank für die Honorarüberweisung«, sagt sie.

Ich nicke. »Ms. Griffin, ich bin hergekommen, um Ihnen persönlich mitzuteilen, dass ich mir einen anderen Anwalt suchen werde.«

Ihre blau-grauen Augen werden größer. »Was?« Sie räuspert sich. Doch dann sagt sie nichts mehr.

Genau darum geht es mir! Jodie Griffin ist mir als Anwältin einfach zu passiv.

Ich brauche jemanden mit mehr Biss!

Hätte sie sich mehr in die Einigung mit Sam eingebunden, wie es eigentlich ihr Job gewesen wäre, dann hätte Maxwell womöglich gar nicht erst vor der Frage gestanden, ob er mir mit einem Tipp aushelfen soll.

Das ärgert mich gewaltig!

Natürlich darf ich ihr davon nichts erzählen, aber frustriert bin ich dennoch. Das muss Konsequenzen haben. Zumal ich für die Zukunft einfach einen Anwalt brauche, der mehr tut, als nur anwesend zu sein, ein paar Sprüche zu klopfen und dann sein Honorar einzukassieren. Immerhin soll *Line Lights* expandieren. Vielleicht muss ich bald sogar einen festen Firmenanwalt einstellen. Und Jodie Griffin kommt dafür ganz sicher nicht infrage.

»Ja, ich bin leider unzufrieden«, ist das Einzige, was ich von meinen Gedanken laut ausspreche.

»Nun, das ist bedauerlich«, meint sie, fragt mich anschließend allerdings nicht, womit genau ich unzufrieden gewesen bin und was sie tun kann, um mich doch noch als Mandantin zu behalten.

Ganz, wie ich es erwartet habe.

Diese Frau ist einfach schon zu lange im Geschäft und hat ihre festen, wohlhabenden Mandanten. Da bin ich, trotz der geplanten Expansion, offenbar ein zu kleiner Fisch, um sich auch nur für eine Sekunde mit meiner Kritik zu befassen oder sich darum zu bemühen, dass ich mich doch umentscheide.

Umso besser. So macht sie mir die Entscheidung wirklich leicht.

Herzlichen Dank auch.

»Wissen Sie denn schon, zu welcher Kanzlei Sie wechseln werden?«, fragt sie.

Ich schüttle den Kopf. »Nein, noch nicht.« *Und das geht Sie auch gar nichts an.* »Ich wollte das erst mal mit Ihnen klären, danach will ich mich umsehen.«

Grell lacht sie. »Sie scheinen noch immer interessiert daran zu sein, sich im Guten von jemandem zu trennen, Ms. Bailyn.«

Ja, scheint so. Aber kann es sein, dass sie mich gerade nicht anlacht, sondern auslacht?

Ich sollte jetzt wirklich gehen.

Also. Wie sollen meine letzten Worte an sie lauten?

Erneut lacht sie auf. »Versuchen Sie es doch mal bei Mr. Hayes. Der könnte jetzt eine neue Mandantin dringender gebrauchen denn je.«

Panisch winke ich ab, denn ich will natürlich keinen Verdacht schöpfen. »Nein, mit seiner Kanzlei habe ich nichts zu tun und … Moment, was?«

»Ja, das hat heute Morgen sofort die Runde gemacht, zumindest unter uns Juristen«, fährt sie mit einem Grinsen fort und wirkt unfassbar schadenfroh. »Es sind zwar keine Details über den Fall bekannt, aber Maxwell Hayes hat sich selbst wegen *Verletzens der Schweigepflicht* angezeigt.«

Mir stockt der Atem. »Was?«

»Und stellen Sie sich vor!«, fügt sie lachend an. »Er ist hochkant aus der Kanzlei geflogen! Dabei hätte er bald Namenspartner werden sollen!«

Nein, was?

Aber … Maxwell!

Damit genau das nicht nötig ist, habe ich dich extra von mir gestoßen!

Nicht zu fassen, wie sehr Ms. Griffin das amüsiert. »Im Ernst, wer ist denn bitte so blöd? Also, erzählen Sie mir noch mal, dass *ich* hier die schlechte Anwältin bin.«

Schnaufend stehe ich auf. »Allerdings, Ms. Griffin. Das sind Sie!«

Verdutzt starrt sie zu mir hoch. Dann reißt sie empört den Mund auf und will etwas erwidern.

Doch ich habe keine Zeit mehr für diesen Unsinn. Anstatt ihre nächste dämliche Reaktion abzuwarten, mache ich auf dem Absatz kehrt und stürme aus dem Büro.

Es geht nicht nur darum, dass ich die Gegenwart dieser Frau keine Sekunde länger ertrage.

Ich muss auf der Stelle zu Maxwell!

***

Wild klingle ich bei ihm Sturm. Nach einigen Malen knackt es endlich in der Gegensprechanlage.

»Verdammt, Rosa ...«, knurrt eine tiefe, klare Männerstimme.

Ich stutze. »Du kannst mich sehen?«

»Ja. Die Kamera ist in den Lautsprecher eingebaut. Aber ich hätte mir auch ohne Kamera denken können, wer mich aus dem Bett klingelt.«

»Du hast um die Zeit noch geschlafen?«, wundere ich mich. Ich versuche mich zu sammeln. »Lässt du mich bitte rein?«

Es summt und die Tür entriegelt sich. Sofort stürme ich hinein und eile zum Fahrstuhl. Die Augenblicke, die es braucht, bis ich endlich das Penthouse erreiche, kommen mir einfach nur schrecklich vor. Als ich endlich im obersten Stockwerk ankomme und die Tür aufspringt, braucht es keine Sekunde, bis ich den Lift verlasse und zur Tür eile. Diese ist schon geöffnet, allerdings sehe ich Maxwell nirgends.

»Hallo?«, frage ich und linse hinein. Um sicherzugehen, klopfe ich auch noch gegen den Türrahmen.

»Komm rein«, hallt es von der Küche her.

Und so trete ich ein und mache die Tür hinter mir wieder zu. Mit angespannter Miene schreite ich durchs Penthouse und begebe mich durch den Wohnbereich zur offenen Küche. Auf beiden Seiten klemme ich mir die rotbraunen Locken hinters Ohr, als wäre es jetzt ganz besonders wichtig, gut zu sehen und zu hören. Ich fühle mich unfassbar nervös, denn das, was ich über Maxwell erfahren musste, wühlt mich auf, während ich es gleichzeitig immer noch nicht ganz verstehe. In mir kreisen die größten Fragen, die wildesten Hoffnungen, aber auch die intensivsten Ängste. Dass Maxwell der Spüle zugewandt bleibt und mir somit die Sicht auf seine Mimik versperrt, hilft mir auch nicht gerade. Oder dass er nur in hellblauen Boxershorts dasteht.

Ich räuspere mich und bleibe schließlich vor der massiven Kücheninsel stehen.

In aller Seelenruhe dreht er sich zu mir um und präsentiert mir seinen stählernen Körper. Ich brauche eine Sekunde, um ihm wieder in die Augen zu sehen – statt auf seine perfekten Bauchmuskeln. Maxwell hält eine Tasse in der Hand, von der ich vermute, dass sich darin frischer Kaffee befindet.

»Guten Morgen«, lauten doch tatsächlich seine ersten Worte heute an mich, so von Angesicht zu Angesicht.

Fragend blicke ich ihn an. Und das nicht nur deswegen, weil es schon lange nicht mehr Morgen ist.

»Ich war letzte Nacht feiern«, erklärt er und zuckt mit den breiten Schultern. »Mit meinem Cousin. Nicht in einem Nachtclub, sondern in einem Irish Pub.« Er hält sich den Kopf. »Nur er und ich. Und einen Filmriss habe ich nicht, also keine Sorge.«

Schön und gut, aber …

»In einer Stunde oder so hätte ich dich sowieso angerufen«, beteuert er, als er meinen Blick bemerkt. »Ehrenwort.«

Das glaube ich ihm sogar, allerdings …

»Aber nach allem, was gestern passiert ist, habe ich zunächst mal eine Bar, meinen Cousin und irisches Bier gebraucht. Ich musste mich einfach mal gehen lassen, okay?«

Aha. So sieht *Mr. Perfect* also aus, wenn er sich gehen lässt. Sogar die dunkelblonden Haare liegen perfekt und er hat ja nicht mal Augenringe!

Halt, das ist jetzt nicht der Punkt.

»Max«, sage ich mit eindringlicher Stimme und sehe ihn ebenso inständig an. Ich gehe ein paar Schritte auf ihn zu.

»Schön, jetzt bin ich also wieder Max«, meint er zufrieden und gönnt sich lächelnd einen Schluck von seinem Kaffee.

Fassungslos stoße ich Luft aus. »Ist das wahr? Du hast dich selbst angezeigt und bist schnurstracks aus der Kanzlei rausgeflogen?«

Er hält meinem Blick stand. »Nur so konnte ich einer Haftstrafe entgehen.«

Ich atme ein, um etwas zu erwidern.

»Nachdem du meintest, dass es so nicht mit uns weitergehen kann, habe ich etwas unternommen, um unsere Situation eben zu ändern.«

»Aber genau das wollten wir doch vermeiden!«, entgegne ich.

»Nein, Rosa. *Du* wolltest das. Du wolltest mal wieder Abstriche machen, um jemand anderem einen Gefallen zu tun. Nur tust du mir keinen Gefallen, wenn du dich mir verweigerst, obwohl du Gefühle für mich hast. Das hätte niemals die Lösung sein können. Also habe ich für eine andere Lösung gesorgt.«

»Sich seinen Ruf zu ruinieren und den Job zu verlieren, ist doch keine Lösung!«, kontere ich verzweifelt. »Und … kannst du dir bitte etwas überziehen?«

Wieder nippt er an seinem Kaffee. »Nein, wieso?«

Seufzend sehe ich weg.

Da stellt er, ohne mich aus den Augen zu lassen, die Tasse ab und überwindet die letzten Meter, die uns voneinander trennen. »Warum soll ich mir etwas überziehen?«, raunt er und legt die Hand an meine Taille.

Vorsichtig und doch bestimmt ziehe ich seine Hand von mir weg. »Das weißt du ganz genau.«

»Weil du Gefühle für mich hast, die du endlich voll und ganz ausleben willst.«

»Weil ich mich bei dem Anblick nicht richtig konzentrieren kann!«, berichtige ich seine Formulierung.

Zärtlich nimmt er meine Hand, führt sie zu seinen Lippen und schenkt mir einen Handkuss. »Das läuft auf dasselbe hinaus.«

Meine Haut prickelt an der Stelle, an der er mich küsst, und abermals bekomme ich seinetwegen weiche Knie. »Gott, du bist …«

»Ein Mistkerl?«, fragt er mit einem Grinsen auf seinen Lippen.

»Perfekt …«, murmle ich stattdessen.

Er lacht. »Perfekt für dich, meinst du? Gut, dann haben wir das ja endlich geklärt.« Schon kommt er näher, schließt die Augen und will mich küssen.

Doch ich reagiere schnell und stoppe ihn vorher, indem ich den Finger auf seine warmen Lippen lege. Somit bleibt ihm nichts anderes übrig, als innezuhalten und die Augen wieder aufzumachen.

»Hier ist überhaupt nichts geklärt«, finde ich und drücke ihn leicht weg.

Widerwillig weicht er zurück und atmet hörbar aus.

»Max, ich …« Ich setze ab, denn es fällt mir schwer, meine Gedanken in Worte zu fassen. »Es tut mir so unfassbar leid, was passiert ist. Du hättest das nicht tun dürfen. Weder mir zu helfen noch dich danach selbst anzuzeigen. Ich fühle mich so schlecht deswegen!«

»Das musst du nicht, Rosa.« Wieder ergreift er meine Hand und streichelt sie, als könne er gar nicht anders. »Ich bin erwachsen und war mir der Konsequenzen meines Handelns zu jedem Zeitpunkt bewusst. Und ich habe mich diesen Konsequenzen nun gestellt. So einfach ist das. Im Ernst. Wenn du mich fragst, ist das ganz einfach.«

Ratlos sehe ich ihn an.

Wenn es so einfach ist, warum fühle ich mich dann trotzdem mies?

»Du musst dir keine Sorgen um mich machen«, sagt er, als er mein Gesicht bemerkt. »Was gestern passiert ist ... meine Selbstanzeige, der Rausschmiss ... das habe ich verdient. Denn gegenüber einem ganz bestimmten Mandanten und gegenüber der Kanzlei habe ich mich nicht korrekt verhalten.«

Zittrig atme ich durch.

Er streichelt mich mit mehr Druck. »Aber das bedeutet nicht, dass ich es bereue. Ich würde es nämlich immer wieder tun, wenn es um dich geht.«

Meine Augen werden feucht. »Max ...« Wieder muss ich durchatmen.

»Du bist schuldenfrei geblieben, Rosa. Damit geht das Risiko für dich, bankrott zu gehen, gegen Null. Jetzt hast du genügend Kapital, um voll durchzustarten. Zieh *Line Lights* ganz nach deinen Vorstellungen weiter auf. Und zwar sofort.«

»Aber zu welchem Preis?«, verlässt es leise meine Lippen.

Gelassen zuckt er mit den Schultern und deutet auf die Umgebung. »Sieh dich um. Ich habe in den bisherigen Jahren meiner Karriere genügend Geld verdient und zurückgelegt, um eine Weile ohne Job auszukommen. Und der Rest wird sich ergeben.« Mir fällt auf, wie entspannt er tatsächlich wirkt. »Ich finde schon etwas Neues. Ob als Anwalt – das wird sich zeigen.«

»Du bist gerne Anwalt«, entfährt es mir instinktiv.

Er lacht.

»Als Rechtsanwalt bist du ganz in deinem Element, und Jura studiert man nicht einfach so, ohne es sich vorher genau überlegt zu haben.«

»Oh doch, einige schon«, entgegnet er.

»Aber du nicht.«

Sein Blick fesselt mich. »Nein, stimmt. Ich nicht.«

Stille.

Und dennoch! Er bleibt die Gelassenheit in Person. »Dann finde ich eben etwas Neues als Anwalt.«

Nach wie vor schuldbewusst verziehe ich den Mund. »Max, ich ... Ich weiß nicht, ob ich es in dem Fall wirklich schaffe, mich zu entkrampfen und dauerhaft von meinem schlechten Gewissen zu befreien.«

Nun ist er derjenige, der mich ratlos ansieht. »Das kann ich dir natürlich nicht vorschreiben. Ich kann dich lediglich darum bitten, aber wenn du dazu einfach nicht in der Lage bist ...«

Ich nicke. »Dann wird es immer zwischen uns stehen.«

Schwermut steht ihm in sein perfekt gezeichnetes Gesicht geschrieben.

Ach, Maxwell!

Wenn wir nicht zusammen sein können, aus welchem Grund auch immer, gilt wieder meine Devise von neulich. Denn dann sollten wir uns nicht noch zusätzlich quälen, indem wir uns weiter im selben Raum aufhalten.

Bei diesem Gedanken überkommt mich plötzlich Panik!

Kurzerhand mache ich auf dem Absatz kehrt und suche die Haustür auf.

»Rosa!«, ruft Maxwell mir hinterher.

Doch ich fliehe weiter, bis vor die Tür und schließlich bis zum Aufzug.

Ich drücke den Knopf. Warte auf den Fahrstuhl. Sehe zu, wie sich die Tür öffnet.

Und ...

Bleibe wie angewurzelt stehen.

Tief atme ich durch.

Dann drehe ich mich um.

Da steht er, mein *Mr. Perfect,* gegen den Türrahmen gelehnt, denn er ist mir gefolgt.

Natürlich ist er das.

Sucht er nicht seit unserer ersten Begegnung meine Nähe, wie die Motte das Licht?

Und trotzdem habe ich, einst die Romantikerin von uns beiden, allen Ernstes Zweifel daran, ob das zwischen uns eine Zukunft hat?

Da wird es mir klar.

Maxwell ist seinen Job nun sowieso los. Auch das lässt sich nicht mehr rückgängig machen. Und er hat diese Entscheidung aus freien Stücken und bei gesundem Menschenverstand getroffen.

Alles, was uns jetzt also noch im Weg steht, ist allein mein blödes, gottverdammtes schlechtes Gewissen.

Wieder werden meine Augen feucht. »Du hast es für mich getan«, sage ich und blicke in tiefbraune Augen.

Maxwell bleibt gegen den Türrahmen gelehnt und nickt stumm.

»Alles. Jede kopflose Tat, die du in den letzten Tagen begangen hast, hast du meinetwegen unternommen.«

Er stößt sich vom Türrahmen ab und kommt mit gemächlichen Schritten auf mich zu. »Zugegeben, mit dem Kopf hatten meine jüngsten Entscheidungen tatsächlich herzlich wenig zu tun.«

Als ich ihn dies in aller Entschlossenheit sagen höre, muss ich auflachen und merke, dass das, was mir über die Wange kullert, eine Freudenträne ist. »Wenn ich uns jetzt keine Chance mehr gebe, dann wäre all deine Kopflosigkeit umsonst gewesen.«

Nun steht er vor mir und sieht mir tief in die Augen. Behutsam legt er seine starke Hand an meine Wange und wischt mir die Träne weg. »Auch meine Selbstanzeige bereue ich nicht. Aber natürlich hoffe ich gerade mit jeder Faser meines Körpers, dass du endlich zur Vernunft kommst und mir sagst, dass ich das nicht umsonst auf mich genommen habe.«

Mit großen Augen schaue ich zu ihm auf. »Es wäre also unvernünftig von mir, weiterhin ein schlechtes Gewissen zu haben?«

»In dem Fall ja«, erwidert er mit sanfter Stimme und streichelt weiter meine Wange. »Wenn es deinen Gefühlen im Weg steht, ist ein schlechtes Gewissen durchaus unvernünftig.«

Verlegen senke ich den Kopf.

Maxwell legt den Zeigefinger an mein Kinn und übt Druck aus, damit ich ihn wieder ansehe. »Genau nach dieser Devise habe ich in den vergangenen Tagen gehandelt. Also, Rosa. Was ist mit dir?«

»Dann …« Glücklich ziehe ich die Mundwinkel auseinander. »Soll ich Vernunft walten lassen, indem ich auf meine Gefühle höre?«

Maxwell strahlt. »Allerdings. Klingt doch logisch, oder? Und das hat auch etwas mit Respekt zu tun.«

Ich lache vor Glück.

»Wenn du mich hier und jetzt zum glücklichsten Mann auf dem Planeten machst und ich dich endlich wieder küssen darf, dann …« Er überlegt.

Ich werde neugierig und will mehr wissen – dabei kann ich es selbst kaum erwarten, seine Lippen zu schmecken.

»Dann mache ich dir immer Frühstück«, löst er auf.

Wieder muss ich lachen. »Das ist alles?«

»Na hör mal!«, beschwert er sich, umfasst mich an der Taille und zieht mich an sich. »Nicht jeder

Mann macht das für seine Frau. Täglich. Ein Leben lang. Aber: Nein, das ist noch lange nicht alles.«

Glücklich nicke ich. »Das ist erst der Anfang.«

Er nickt und streicht mir eine rotbraune Locke hinters Ohr, die mir soeben ins Gesicht gefallen ist. Dann sieht er mich inständig an. »Du kannst dich immer auf mich verlassen, Rosa.«

»Ja, ich weiß.« Zärtlich reibe ich meine Nase an seiner.

»Mann, diese Sommersprossen ...«, raunt er.

Ich strahle.

Maxwell versucht wieder ernst zu werden. »Dann ... darf ich?«

Kurz muss ich überlegen, was er meint. Um mir nachzuhelfen, legt er den Finger auf meine Lippen. Mein Lächeln wird breiter. Doch statt etwas zu sagen, falle ich ihm um den Hals und drücke ihm einen Kuss auf den Mund. Ich schließe die Augen und konzentriere mich ganz darauf, wie es sich anfühlt, Maxwells Lippen zu schmecken. Als hätte ich mir gerade selbst eine Augenbinde verpasst, die all die Sinne schärfen soll, auf die es gerade ankommt.

»Mmh«, gebe ich von mir.

Unsere Lippen lösen sich voneinander und Maxwell sieht mir weiter auf den Mund. »Du sagst es.«

Abermals lache ich vor Glück. »Ach, und Max?«

»Hm?«, macht er und hängt schon wieder an meinen Lippen.

»Ich habe mir endlich ein Urteil für dich überlegt.«

Gelassen grinst er und knabbert an meiner Unterlippe. »Sag bloß.«

»Ja. Hiermit verurteile ich dich dazu, mir auf ewig Frühstück zu machen. Und zwar mit genügend Abwechslung. Rührei und Speck ist in Ordnung, aber nicht für jeden Tag. Was das angeht, wird schon etwas mehr Kreativität von dir erwartet.«

Er spielt den Leidenden. »Das ist hart.«

»Willst du in Berufung gehen?«, gehe ich weiter auf unseren Scherz ein.

Maxwell tut, als würde er nachdenken, und reibt sich den gestutzten, dunkelblonden Bart. »Ich habe das Gefühl, diese Richterin hier ist nicht so objektiv, wie sie sein sollte. Aber das lässt sich klären.« Schon packt er mich und hievt mich hoch, um mich über der Schulter zurück ins Penthouse zu tragen.

Lachend lasse ich es mit mir machen und schlage, als wir drinnen sind, hinter mir die Tür zu.

EPILOG

MAXWELL

Wahnsinn, wie die Zeit vergeht, wenn man glücklich ist! Inzwischen ist es bereits ein dreiviertel Jahr her, dass Rosa bei mir eingezogen ist. Mann, ich kriege einfach nicht genug von dieser Frau! Und das, obwohl wir mittlerweile auch zusammen arbeiten.

Seit einigen Monaten bin ich schließlich ihr Syndikus, also der feste Anwalt von *Line Lights*, der sich um alle rechtlichen Belange der Firma kümmert. Dadurch konnte ich in meinem Wahlberuf bleiben und bin gut ausgelastet. Immerhin ist Rosas Unternehmen nun in ein größeres Gebäude gezogen und expandiert für einen weltweiten Verkauf ihrer einzigartigen Buchkerzen. Schon mehrere renommierte Publikumsverlage haben *Line Lights* zum Kooperationspartner erklärt und Verträge für einen ganzen Schwall an Romanen unterzeichnet, zu denen es offizielle Kerzen geben soll – das muss ihr erst mal jemand nachmachen.

Und damit Rosa und ich gleichzeitig auch unseren Freiraum haben, befindet sich mein Büro ein paar Straßen weiter, in einem anderen Gebäudekomplex. Das ist auch deswegen gut, weil ich selbstständig bleibe und nebenher noch ein bis zwei andere Mandanten habe. Diese habe ich schon vorher betreut und sie sind mir, trotz meiner unehrenhaften Entlassung aus der Kanzlei, treu geblieben.

Sogar unter meinen alten Kollegen und Rivalen, etwa Jodie Griffin, bin ich mittlerweile nicht länger als Gesetzesbrecher, sondern als kopfloser Romantiker bekannt. Denn seit ich mit Rosa zusammen bin und sie auch offiziell als Anwalt vertrete, haben sich einige natürlich zusammenreimen können, für wen ich die Schweigepflicht verletzt habe. Diesbezüglich kann mir jetzt aber niemand mehr etwas anhaben, denn genau aus diesem Grund habe ich mich damals selbst angezeigt. Natürlich gibt es Leute, die sich seitdem von mir abgewandt haben. Aber es gibt auch genügend andere Menschen, die mich verstehen. Für meine kopflose, romantische Ader werde ich jetzt zwar hin und wieder aufgezogen, wenn es mich in einen Gerichtssaal verschlägt, aber das ist in Ordnung. Ich habe es nicht anders verdient. Und ehrlich gesagt kann ich mir schlimmere Bestrafungen für meinen Verstoß vorstellen. Zusätzlich zur damaligen Entlassung, versteht sich. Immerhin erholt sich mein Ruf als

Anwalt seitdem immer mehr. Und ich habe mir geschworen, niemals wieder die Schweigepflicht zu verletzen. Das eine Mal wird eine Ausnahme bleiben. Aber ich hatte ja auch einen verdammt guten Grund. Ich war und bin über beide Ohren verliebt.

An Sam Briggs musste ich zwar noch ein Bußgeld in Höhe von zwanzigtausend Dollar sowie eine schriftliche Entschuldigung senden, aber auch diesbezüglich hätte ich mir Schlimmeres vorstellen können. Ich habe neulich mal nach ihm gegoogelt und gelesen, dass er zwar ein neues Start-up für smarte Brillen gegründet hat, dieses aber stark vernachlässigt, seit er sich mit einer reichen Witwe verlobt hat. Inwiefern es diesmal die große Liebe für ihn ist, sei mal dahingestellt. Jedenfalls scheint er sich überhaupt keine Gedanken darüber zu machen, wann das zwischen Rosa und mir angefangen haben könnte.

Umso besser.

Ich bin mit Rosa so glücklich wie nie zuvor in meinem Leben, und ja, seit sie bei mir eingezogen ist, mache ich ihr jeden Tag Frühstück, während sie duschen geht. Jeden Tag bereite ich ihr etwas anderes zu. Egal, wie voll unsere Terminkalender sind. Denn das ist eine Tradition, die uns beiden nur zu gut gefällt. Im Grunde haben wir sie direkt bei unserer ersten Begegnung ins Leben gerufen. Aber erst, seit wir endlich dieselbe Anschrift haben, ist mein Frühstück für sie zu einem täglichen Ritual geworden – und zu einem Ausdruck unserer Liebe. Zu einem von vielen

Ausdrücken dafür. Allerdings muss ich zugeben, dass wir das Frühstück manchmal kalt werden lassen und später noch mal aufwärmen müssen. Nämlich immer dann, wenn Rosa unter der Dusche nach mir ruft oder ich sie doch noch mal zurück ins Bett entführe.

Bald jedoch müssen wir diese Tradition wahrscheinlich etwas abwandeln. Denn neulich hat Rosa tatsächlich ein weiteres Mal mit, na ja, der Klobrille gekuschelt. Und ich habe ihr die Haare, die sie nun mal am liebsten offen trägt, gehalten. Nicht etwa, weil sie zu tief ins Glas geschaut hat, sondern weil sie die Morgenübelkeit geplagt hat.

Demnächst sind wir also zu dritt.

Wer wann fürs Kind zu Hause bleiben wird, haben wir noch gar nicht weiter geklärt. Glücklicherweise sind wir beide nun unsere eigenen Chefs und können uns selbst aussuchen, von wo aus wir arbeiten, und wie viel. Gut, niemand von uns möchte seinen Beruf ganz aufgeben, und wir haben beide eine gewisse Verantwortung. Aber so etwas muss man mit einem Kind ja auch gar nicht komplett aufgeben. Andere bekommen das schließlich auch hin, und das sogar unter deutlich schlechteren Bedingungen, als wir sie haben. Was das angeht, können wir uns ganz sicher nicht beschweren.

Was also die weiteren Details der bevorstehenden Elternzeit angeht ...

Ich habe keinen Zweifel daran, dass Rosa und ich in eine faire Verhandlung gehen und zu einer Einigung kommen werden.

ENDE

DIE AUTORIN

C. R. Scott wurde 1984 in Schleswig-Holstein geboren und hat Literaturwissenschaft studiert. Ihre prickelnden Liebesromane bieten Happy-End-Garantie und finden Tausende von Lesern. Nicht selten landen ihre Werke in den Top 5 der Kindle-Charts und auf der BILD-Bestsellerliste. Vor ihrer Zeit als verlagsunabhängige Autorin schrieb C. R. Scott unter anderem für den renommierten Carlsen Verlag. Sie ist aktives Mitglied im Selfpublisher-Verband e.V. und im Autorennetzwerk Romance-Club. Weitere Informationen gibt es auf Wikipedia.

DANKSAGUNG

Folgenden Personen möchte die Autorin für ihre Unterstützung danken: Lana Stone, Peter Bold, Claudia Gerschwitz, Vinya Moore, Britta Horriar-Haupt, Ramona Birnstiel, Susanne Kossow, Elfi Pyka, Manfred Stiffel, Lea Prahm, Sarah Korte, Susi Stricko, Manuela Knöchel, Babsii Meyer, Nicol Liebold, Anna vo Leenem, Diana Zilinski, Claudia Scholz, Daniela Becker, Heidi Sprandel, Stefanie Brandt, Sabine Hamm-Zichel, Heidi Petry, Mimi Reckling, Daniela Roloff, Ilona Baldeau, Anna Obrok, Annette Ostermann, Ini Schmidt, Daniela Schubert-Zell,